おばあさんの魂

酒井順子

幻冬舎

おばあさんの魂

目次

ブックデザイン——守先正
装画——小倉遊亀「画人像」

大おばあさん時代を迎えて

日本人女性の平均寿命は、約八十六歳。女性として生まれたならば、非常に高い確率で「おばあさん」になる運命を持っていることになります。

さらに言えば、おばあさんになってから、我々は相当に長い年月を過ごさなくてはなりません。平均の寿命が八十六歳ですから、九十歳を超える女性はザラ。人によっては、二十年も三十年も、おばあさんの立場のままで、生きていくことになります。

対して男性の平均寿命は、約七十九歳。女性よりも七年ほど短いのです。自分よりも三歳年上の夫が自分より七年早く世を去ったとしたら、おばあさんが一人で生きていく時間は、約十年ということになる。

日本では世界のトップを切る勢いで高齢化社会が進んでいますが、高齢化社会とはすなわち、「大おばあさん時代」と言ってもいいのでしょう。最後まで生き残るのは女なのだからして、おばあさんがいっぱい溢《あふ》れる世の中になっていくのです。

実際、おばあさんとおじいさんを比べると、おばあさんはグッと元気です。配偶者に先に死なれると、おじいさんの場合は急にショボンとして、後を追うように亡くなってしまうケースも多いもの。新しいガールフレンドを見つけられるような魅力、もしくは経済力を持っているおじいさんは、かろうじて元気に暮らすことができるようです。

それというのも、今のおじいさん達は、家事能力を身につけていないから。仕事をアイデンティティとし、生活全般を妻に頼っていたがため、仕事と妻とがなくなってしまうと、ごはんを食べるにも困り、生きる気力が萎《な》えてしまうのです。

対して女性は、家事能力を持っています。生活するのに不便はないし、地域にも馴染《なじ》んでいるので、一人暮らしでもご近所さんから何かと助けてもらえる。配偶者が先立った後は、最初のうちはめそめそしていたとしても、次第にものすごく元気になっていく人が、私の母親を含めて多いものです。そんなおばあさんライフを見ていると、「おばあさんというのも、楽しそうであることよ」と思う私。「いつまでも老けてはならない」という時代の今、思い切っておばあさんという領域に踏み込むことができたら、何と楽であろうか、とも思うのです。

実際、

「かわいいおばあちゃんになりたい」

と言う若い女性は多いものです。この言葉の裏に存在するのは、「いつまでも若くいなくてはならない」という、この時代にみなぎる不老欲求に対する疲弊かと思われます。不老化競争から引退して、安心して老化できる日を、女性達は実は心待ちにしているのではないか。

しかし彼女達は、ただのおばあちゃんになりたいわけではありません。「かわいい」おばあちゃんになりたいのです。おばあちゃんになっても、周囲からの愛を求めずにはいられないという、飽くなき欲求も、そこにはある。

おばあちゃんというのは、確かにかわいい存在です。子供還りが始まりつつあるおばあちゃんの微笑《ほほえ》みは無垢で、言うこともチャーミング。「言葉が通じる大きい子供」という感じがするものです。かわいいおじいちゃんも時にはいますが、おばあちゃんの方がサイズも小さめだし、よりかわいいと言えましょう。

が、誰しもがかわいいおばあちゃんになることができるわけでもありません。人込みの中で、他人を押し退けて前に進もうとするおばあさんとか、何かというとすぐに怒りだすおばあさん等、憎々しい老女というのもこの世にはいるわけで、年をとりさえすれば誰でもかわいくなるというものでもない。

さらにこれから先は、大おばあさん時代が始まるのです。私の世代がおばあさんになる頃、すなわち高齢化社会がとっぷり進んだ時代は、おばあさんというだけで労《いたわ》ってもらえるわけでもなければ、かわいいと思ってもらえるわけでもない世の中になっているのではないでしょうか。つまり、おばあさん間の競争が激化してくるのです。

さらに私は、一つの危惧を持っています。それは、「おばあさんのおじいさん化」。バリバリと働き、地域社会との交流も持たずに一人で生きてきた私達世代の女性は、おばあさんになった時、今のおじいさんと同じような危機感を抱くのではないか、と。独身のままおばあさんになった人でも、夫に先立たれたおばあさんでも、それは同じなのでしょう。アイデンティティであった仕事がなくなり、誰からもちやほやされなくなり、近くに知り合いもいないとなった時、おばあさんはどのようにして生きる意味を見いだすのでしょうか。

とある女性が、六十五歳で自殺をしたという話を、先日聞きました。彼女は仕事では華々しい活躍をし、美人で人気者だったのだそうです。色々な男性と付き合いながら、結婚はせずに、しかし充実した人生を歩んできた。しかし六十歳を過ぎると仕事が激減し、次第に元気がなくなってきて、やがて……という最期。

老齢にさしかかった彼女の苦悩は、今まではおじいさんの苦悩とされていたもののような気がするのです。そして私達が老齢になった時、この手の人はもっと増えるのではないか。そんな時代である今、私達は「いかにしておばあさんになるか」を考えなくてはならないのではないでしょうか。

今の世に目を転じてみれば、人々は皆、「おばあさん」的な存在を希求しているように見えます。おばあさんは、どこまでも優しく、我々を包み込んでくれます。お母さんであれば怒りだすようなことも、おばあさんであれば許してくれるし、いつでも微笑みを浮かべている。「そのままでいいんだよ」的な、人格全肯定フレーズが乱用される昨今ですが、それは、ああしろこうしろと言わず、常にニコニコと見守ってくれるおばあさんを欲している人々が多いからこその流行なのではないか。

おばあさんは、優しいだけではありません。長い年月を生きてきた分、人生に役立つ知恵も持っています。おばあさんの口から、時折含蓄のある言葉がポロッと漏れたりすると、私達は「おお……」と、ありがたい気分になるものです。

でしゃばらず、こちらを否定せず、イザという時は知恵を出して助けてくれる。人々は、そんなおばあさんを希求しているのです。

生まれた時から父方の祖母と一緒に住んでいた私も、おばあさんが大好きでした。一緒に住んでいた祖母は明治生まれで、いつも着物を着ていた、昔ながらのおばあちゃん。私はこの祖母と、庭の落葉を掃き集めて焚火《たきび》をしつつ焼き芋を焼いたり（ダイオキシン云々《うんぬん》などとはまだ言われていない時代でした）、百人一首で坊主めくりをしたりと、おばあさんエキスに濃厚に接触しながら育ったのです。

おばあさん好きの私は、自分のうちの祖母だけでは飽き足らず、近所のおばあさんの家にも遊びに行っていました。二軒おとなりのおうちで一人暮らしをしていたおばあさんは、我が家の祖母とは違い、大柄で派手な顔立ちをした、元タカラジェンヌ。サザエさんのうちのように木造平屋だった我が家とは違い、そのおばあさんが住む家は、お洒落《しやれ》な洋風でした。我が家の和風おばあさんと、ご近所の洋風おばあさん、二人のおばあさんの妙味を、私は堪能していたのです。

そんな私は、子供の頃から「妙に年寄りくさい」と言われていたのでした。私自身もそれは自覚していて、お友達がキャーキャー言っているのを「あらあら」と眺めて満足していた。

それはおばあさんと一緒に住んでいるからだ、という話もありましたが、大人になってからとある占い師さんから、

「あなたは、魂がおばあさんなのね。前世で、何回もおばあさんになっているのよ」

と言われた時、非常にピンときたのです。占いはあまり信じない方ではあるものの、

「魂がおばあさん」とは、ものすごくしっくりくる言い方！

おばあさんが好きなのも、私自身の魂がおばあさんだからなのだと思えば、納得できます。近所のおばあさんの家に遊びに行くのも、あれは異世代の交流ではなく、おばあさん同士の交流だったのです。

だからこそ私は、若い頃から、「何だか私、若すぎる……」と思っていたのでした。気分的な年齢と実年齢とが、合っていないのです。気分としてはずっと老けているのに、実年齢はまだ若い、という意味で。

となると、私が実年齢にフィット感を覚えるのはいよいよこれから、ということになりましょう。おばあさんになった時、初めて「これが私の真の人生だ」と思えるのではないか。

おばあさん同士の競争が激化する大おばあさん時代において、「魂がおばあさん」というのは有り難い性質（体質？）なのだと思います。本物のおばあさんになれば、もう持ち寄りパーティーにぬかづけを持っていっても、「年寄りくさい」とは言われまい。やっと自分の時代がやってくるのか……。

瀬戸内寂聴先生、佐賀のがばいばあちゃん、沖縄のオバア等、人々は今、有名無名を問わず、高齢の女性すなわちおばあさんに、救いを求めています。このおばあさん人気は、どこから来るものなのか。おばあさんが持つ力とは、何なのか。これからしばらくそんなことを探りつつ、来るべき大おばあさん時代に備えてみたいと思っております。

三人の祖母

おばあさん好きである私には、祖母が三人います。父方と母方、それぞれの祖母。そして、次男であった父親が子供の頃に養子にいった先の、祖母。

このうち、私が一緒に暮らしていたのは、父の養母である、「荻窪のおばあちゃん」。父の実母もそう遠くないところに住んでいましたので、「青山のおばあちゃん」（注・青山に住んでいたわけではない。青山という名字だった）の家にもよく遊びに行っていた。で、もちろん母方の祖母である「祐天寺のおばあちゃん」の方にもしょっちゅう行っており、私の幼少期は、おばあさん達との思い出であふれています。

和風おばあさんであった、荻窪の祖母。名前も「まそ（ます）」と昔風で、常に着物姿でした。ですから私は「おばあさんというのは、着物を着ているものなのだ」と思っていたわけですが、今の子供達は、いつも和服を着ているおばあさんなど、見たことがないことでしょう。

こたつに座るまそ祖母の膝《ひざ》に猫が乗っていたりすると、その姿はまさに「ザ・日本のおばあさん」。柿の木の下に、ほうき（それも今風のものではなく、よく植木屋さんが使っている、箒木《ほうきぎ》製の庭ぼうき）を持ってたたずむ、といった図も、しっくりきたものです。

小学校一年生の時の担任だった先生に会うと、今でも、

「酒井さんはよく、おばあさまのことを絵日記に書いていたわよねぇ」

と言われます。当時の絵日記をひもといてみると、

「がっこうからかえって、すぐおばあちゃんと、あさがおをうえました。おばあちゃんは、『いいあさがおね』

といいました。」

「きょう、がっこうからかえるとき、バスがなかなかこなかったのでさむくなってきました。そしてわたしが、うちにかえったときおばあちゃんが、たきびをしていました。わたしは、おやつをたべたらすぐたきびのほうへ、いきました。」

「きょう、おばあちゃんと、クリスマスツリーをだして、かざりをさげました。」（全て原文ママ）

などなど、おばあちゃんネタ頻出。他にも、七夕には「おばあちゃんと竹を切って飾り

をつけた」だの、正月には「おばあちゃんとおにいちゃんとおかあさんと、ぼうずめくりという遊びをした」だの、昭和の子供らしい記述がそこここにあるのです。

それだけではありません。皆が電気毛布を使用していた時代、我が家で冬に寝床を温めるものといったら、祖母が毎日用意してくれる、豆タン（知らない方に注。小さい石炭のことです！）の行火《あんか》。こたつは掘りごたつ。私のおばあさん精神は、明治生まれの祖母との生活の中で醸成されたものと思われます。

今思えば、まそ祖母は、

「大震災の時は、立っていられないほどのひどい揺れでした」

「戦争中は、この家の庭にも防空壕があって。そこに避難したら、ある時爆弾が落ちて、生き埋めになりそうになったんですよ」

などと言っていました。

関東大震災とか第二次大戦といった出来事を、史実としてしかとらえることができなかった私としては、「へーえ、そうだったんだ」程度に、その話を聞き流していたのです。が、今冷静に考えてみると、「えっ、関東大震災を経験しているの！　で、戦争中は生き埋めになりそうになったって、大変なことだったのでは⁉」と、「なぜあの時、話をもっと詳しく聞いておかなかったのだ」と思うことがたくさんあるのです。

さらに冷静になってみると、まそ祖母の性格というものも、私はよく知りません。祖母は、当然のことながら、私が生まれた時から祖母が亡くなる時まで、「おばあちゃん」であり続けました。優しくておとなしくて小さいおばあちゃんという印象ばかりが私の中には残っているのですが、しかし自分が大人になった今思うのは、まそ祖母にも青春があり、悩みがあり、喜びがあったはず……ということ。そんな部分を、「おばあちゃん」の部分しか見ていなかった孫は、まったく知らずに二十年余も同居していたのです。

まそ祖母の性格を垣間見ることができる一瞬も、ありました。あれは私が大学生の頃、「トゥーリア」というディスコで照明装置が落下し、死者が出る事故が発生したのです。その事故の記事を新聞で読んでいた祖母がしみじみ漏らしたのは、

「私も若かったら、こういうところに行ってみたかったものですねぇ」

という一言。

庭で草むしりをしたり、落葉を掃いている祖母しか知らない私としては、百歳近くにして「ディスコに行ってみたかった」と言う祖母に、驚きました。「おばあちゃんって、意外にイケイケのタイプだったのかー?」と思った私は、「おばあちゃんは、ずっとおばあちゃんだったわけではない」ということに、その時初めて気が付いたのです。

九十代になってからは、

「知り合いがみんな死んでしまって、寂しいですねぇ」

とか、

「私は、ちょっと長く生きすぎたような気がします……」

と言っていた、まさ祖母。毎日をキャーキャー過ごしていた女子高生とか女子大生だった私は、その時も、「そんなものなのかなぁ」と思っていたのですが、今となっては「どうしてあの時、おばあちゃんの心情を、もっとよく聞いてあげなかったのか」と思うのです。

自分が四十代にもなってみると、知人が病気になったり、時には不幸にして亡くなってしまったりということがあるものです。すると、一人の友達が亡くなってしまっただけでも、心にぽっかりと欠落ができてしまったようで、ものすごく寂しい。もうその人に会えないということが、信じられないのです。

しかしまさ祖母は、自分が九十代になるまでに、その寂しさを何十回、否、何百回も繰り返し、経験してきたのです。そしてとうとう、「知り合いがみんな死んでしまった」と言うまでになった。家族と同居はしていても、過去の共通体験や友人達の消息を語り合ったりすることができる同世代の友人が皆、この世に生きていないとは、どれほどの孤独感であったことでしょうか。

だからこそ、「長く生きすぎたような気がします」という発言も、あったのだと思います。高齢になると、身体《からだ》の不具合があちこちでてくるから、年をとって生きるのも大変だ、という意味も含まれていたと思いますが、足腰の痛みを分かち合う同世代の友人は、既にあの世なのです。

「長く生きすぎた」とつぶやいてみても、働き盛りの息子夫婦や、遊び盛りの孫達は、九十代の気持ちを、自分のものとすることはできません。

「なるほどねぇ。ところでおばあちゃん、お茶が入りましたよー」

などと流してしまい、その言葉の重さを全く理解していないのです。

「いつお迎えが来るかわからない」という事実は、祖母にとっては死への恐怖ではなく、「どこまで生き続けるのか」という恐怖に、つながったのだと思います。私があの時、もう少し大人で、祖母の孤独感を理解することができたなら……と、今となっては深く後悔するばかり。

まそ祖母は、老衰のため、自宅で息をひきとりました。享年九十九。荻窪に生まれて荻窪で亡くなった祖母の人生を思うと、「おばあちゃんは、ちゃんと旅行とか、外に出るような楽しいこともしていたのだろうか？」と不安になった私。死後、祖母の部屋をごそごそと探ってみたところ、若い頃あちこちに旅行した写真などが仏壇の下の棚からたくさんでてきて、ほっとしたのですが、それらの写真を見ると、「おばあちゃんは、ずっとおばあちゃんだったわけではないのだ」ということが、ますますよくわかってくるのでした。

その後、青山のおばあちゃんこと、キク祖母も亡くなりました。おじいさんの話題が全く出てきませんが、おじいさん達は皆、おばあさんよりも前に亡くなっている。

……のですが、実は私には、今でも元気に生きているおばあさんがいて、それは母方の「祐天寺のおばあちゃん」こと綾子祖母、現在九十九歳（二〇〇九年当時）。

綾子祖母は、明治四十三年の生まれです。まそ祖母は、ギリギリ平成を知らずに他界したわけですが、綾子祖母は明治、大正、昭和、平成と、四つの時代を生きてきました。一番大きな曾孫はもう二十歳ということで、やしゃごも夢ではない。

私は、綾子祖母のことも、まそ祖母に対してと同様、「おばあちゃんは、おばあちゃんという生きものなのだ」と思っていたフシがあります。が、やはり綾子祖母には綾子祖母の人生が、確実にあったのです。いつもニコニコしていて、カツカレーでもすき焼きでも何でもよく食べる健啖家。私が遊びに行く度に、

「あら順子ちゃん、ちょっと大きくなったんじゃない？」

と言う、ほとんど子供というか神様の領域に入りつつある祖母ですが、その百年近い人生の間には、つらいことも悲しいことも、あったはず。

さらに考えてみれば、明治という時代に生まれた人と、今でも会話ができるということ自体、奇跡のようなことではありませんか。「綾子祖母に対しては、まぞ祖母の時に感じた過ちを繰り返すまじ」と思った私は、祖母の来し方というものを、聞いておくことにしたのです。

とはいえ、祖母も年が年ですから、「いつでも話なんてできるだろう」と思っていてはならない。祖母の家に遊びに行く度に、若い頃の話を、少しずつ聞いてみると、やっぱりおばあちゃんは、ずっとおばあちゃんだったわけでは、ありませんでした。意外と大胆な綾子・九十九歳の人生とは……？

綾子の青春

母方の祖母、綾子九十九歳。彼女の特徴は、何といっても「大きい」というところでしょう。身長が一六五センチ超は軽くある。明治生まれとしては、相当な大女の部類に入ったものと思われます。

私はたまに祖母の家に遊びに行くのですが、祖母の隣に座ると、身長が高い上にふくよかであるため、ちょっとした小山の横にいる感じ。私がいたわってあげなくてはならないのに、ついよりかかって甘えたくなる存在感なのです。

私の祖父も大きな人であったため、二人の間に生まれた四人の子供達も皆、大柄です。長男など、バレーボールの全日本の選手になったほど、巨大になりました。

しかし大きな両親の娘である私の母は一六三センチ。私に至っては一六〇センチに満たないということで、だんだん小さくなるのはこれいかに……。祖母には、今でも遊びに行

く度に、

「あら順子ちゃん、ちょっと大きくなったんじゃない？」

と言われるのですが、私が祖母を超える日は、決して来ないことでしょう。

ま、それはどうでもいいとして、私は昨今、「百年前に生まれた人と今、話すことができるというのも、面白いものだ」と、しみじみ思うようになりました。祖母がいなくなってしまったら後悔するだろうと、少しずつ祖母から昔話を聞くようにしたのです。

祖母は明治四十三年七月二十九日、鬼塚彦兵衛・フヨの長女として、鹿児島県日置郡（現・日置市）に生まれました。彦兵衛は島津藩の士族だったそうで、綾子の幼少時は朝鮮総督府に勤務。

「だから、朝鮮の幼稚園に行っていたのよ」

と綾子は語ります。

やがて鹿児島に戻って、綾子は天昌尋常小学校に進学。体格は当時から良かったらしく、

「ずいぶんお転婆だったわねぇ」

ということなのだそう。

祖母の故郷に、親戚筋の人はもう残っていません。祖母も、ずいぶん長い間、故郷には戻っていないのです。

しかし私は、「祖母はどのような場所で生まれたのだろう」と、数年前にその故郷に行ってみたことがあるのでした。一応は私も薩摩おごじょクォーター、父祖の地ならぬ母祖の地を、見ておきたかったのです。

祖母誕生の地は、今の日置市吹上町というところでした。ＪＲ鹿児島本線の伊集院駅で下車すると、駅前には立派な兜《かぶと》をかぶって馬に乗る、第十七代の島津藩当主、島津義弘公の像がお出迎え。駅の近くには、丸に十の島津家の紋がかたどられた「伊集院まんじゅう」を売る店が何軒かあり、ここが島津家のお膝元であることが理解できます。

伊集院からさらに南へ向かったところにあるのが、吹上町です。銅像になっていた島津義弘公は、吹上町にあった城で生まれたのだそう。近くには、見事な砂浜が続き、海亀も産卵に訪れるという吹上浜があったり、吹上温泉があったり。

吹上温泉の宿から祖母に電話してみたところ、

「吹上温泉は、お父さんと一緒に人力車に乗って行ったものよ。吹上浜では運動会をやってね。おばあちゃんは、駆けっこの選手だったのよ」

と、言っておりました。

祖母の旧姓をたよりに、タクシーの運転手さんがかつて祖母の家があったのではないかと思われるところを探してくださいました。ごく普通の家や畑が並ぶ、落ち着いたたたずまいのその辺り。初めて来た土地ながら、親しみが湧いてきたものです。

砂浜で駆けっこしたり、兄弟といたずらして親に怒られたりしながら、のびのびと幼少期を過ごした祖母は、やがて鹿児島市にある鹿児島高等女学校に進学しました。が、毎日通学するには遠かったため、学校の寄宿舎に入ったのです。

「どこかから汽車の音が聞こえてくると、家に帰りたくなって、寂しくてね。だからそんな時は親から学校に手紙を出してもらって、家にちょっと帰ることができるようにしてもらったのよ」

ということなのだそう。

女学校時代から親と離れて暮らすというのは、確かに寂しいことでしょう。しかし綾子はこの時、自分がもう二度と親と一緒には暮らさないということを、まだ知らずにいるのです。

女学校を卒業した綾子は、東京の女子美術学校（現・女子美術大学）に進むことになります。

「たまたま、女学校の先生が女子美を出ていたのよね」

と言いますが、当時、鹿児島の女学生が東京に出ていくというのは、相当に勇気が必要なことだったのではないかと思うのです。

今となっては、男女を問わず、地方から東京の大学に進む人はまったく珍しくありません。海外留学をする人も、たくさんいるものです。しかし当時の鹿児島から、女の子が上京するということは、今の海外留学よりもずっと、思い切った行動だったのではないか。貧乏士族だった彦兵衛夫婦は、「うちには財産は無いから、せめて子供達に教育だけはつけてやらなくては」という考えの持ち主だったようです。鹿児島という保守的な土地において、息子であるならばともかく、娘を東京に出すというのは、かなり進歩的な考え方だったのではないかと思われます。

いよいよ、上京の日がやってきました。当時、鹿児島から東京へ出る手段は、もちろん鉄道です。同行者は、やはり女子大へ進学する女学校の同級生である、「伊奈さん」。伊奈さんは奄美大島の出身だったので、女学校では祖母と寄宿仲間。引率役として、伊奈さんの伯父さんがついてきてくれたそうです。

伊奈さんのお名前は、祖母の口からよく聞くのですが、それというのも伊奈さんもまた、今も東京でご健在だから。鹿児島から手に手をとって東京に出てきた女学生二人が二人とも、百歳近くまで生きているとは、バイタリティがある人は長生きをするということなのでしょうか。

二人の女学生は、信玄袋を握り締め、鹿児島本線に乗りました。道中用のお弁当を、何個も用意していったそうです。かたや男以上に背が高く、かたや奄美のエキゾチックな顔立ちという女学生の二人づれは車中でも目立ったのでしょう、

「途中で変な男の人が話しかけてきたりして、恐《こわ》かったわね」

と、祖母は言っておりました。

それにしても私は、親にも付き添われずに上京した祖母の強さに、感服するのです。祖母は、体格は大きいけれど、人をしのいでバリバリ何かをするような、強気なタイプでは決してありません。そんな祖母がよくもまぁ東京へ、と、私は当時の綾子嬢に会ったら誉《ほ》めてあげたいような気分になる。

綾子の孫の私はといえば、新規開拓傾向がまったく無い者。学生時代は、同級生の多くが、短期であれ長期であれ留学しているのを横目で見つつ、「なんか、大変そう〜。私はいいや」と思っていた。体格のみならず、積極的に外に出ていく進取の気象というものも、我が家においては次第に退化しているのか……。

かくして綾子は、無事に女子美に入学しました。服飾科に入り、家庭科の先生を目指していたようです。

当時、女子美は本郷菊坂の立派な洋風建築の校舎だったのだそうです。綾子が入った寄宿舎も、学校の近く。

「食事の知らせが聞こえたらすぐに食堂に行かないとね、お魚の切り身なんか、大きな方からなくなっていっちゃうのよ。最後の方なんか、小さいのばっかり」

だったのだそうですが、俊足の綾子は、大きな切り身にありつく確率がかなり高かったような気がします。

楽しい学生生活を送っていた綾子ですが、やがてそんな綾了のことを見初《みそ》める青年が登場しました。それは、綾子の同級生のお兄さんの、そのまた友達である安田耕一という青年医師。

この安田青年こそが私の祖父であるわけですが、何でも祖父は、大柄な女が好きだったのだそうです。自身も大柄というせいもあったでしょうが、

「おじいちゃんはね、私が体格が良くて丈夫そうで、よく働きそうなところが気に入ったみたいよ」

と、祖母。耕一青年は、実質を大事にする性格だったのです。

耕一は、千葉の医師の家の長男として生まれ、東京の医大に進学したものの、既に両親ともに死去。だからこそ、肝っ玉が据わっていそうな綾子のことを、好もしく思ったのかもしれません。

綾子もまた、耕一のことは憎からず思ったようです。耕一は綾子より七歳年上の大人で

すから、親と離れて暮らす綾子には頼もしく感じられたでしょう。また耕一は、何といっても格好よかったのです。

孫の私も、祖父の若い頃の写真を見ると、「格好いいなぁ」と思うのですが、耕一はやけに彫りが深くて、外国人風の顔立ち。耕一は外房の町に生まれたので、「ひょっとしてその昔、難破した外国船から流れてきて助けられた外国人の血が、おじいちゃんの祖先には混じっているのでは?」などと思えてくるのです(ちなみに、祖父の格好いい顔立ちの血も、孫の代になるとすっかり消えております)。そんな祖父は大学生時代、水泳部と山岳部と陸上部に入って(当時はそんなことが可能だったらしい)活躍するスポーツマンでもあったそうで、「ま、惚れるのも無理はない」と、祖母には言いたくなるのでした。

薩摩おごじょと安房男児は、こうして東京の地で出会いました。遠く離れた二つの地を故郷に持つ二人ですが、何となく黒潮でつながっているようなカップルではあります。

……が、しかし。二人の恋路は、スムーズには進まないのでした。はてさて、女子大生・綾子と青年医師・耕一の行方は、これからどうなっていくのか……?

綾子の青春・2

薩摩おごじょ・綾子と、安房男児・耕一は、東京で出会いました。

「おじいちゃんは、身体の大きな女の人が好きだったのよ」

と祖母は言っていたわけですが、なぜ祖父は大女が好きだったのか、祖父の本を読んでいたらわかりました。

祖父は生前、いわゆる自分史的な随筆を、何冊か自費出版しています。子供だった私は、その本に何ら興味を持たなかったのですが、今ページを開いてみると、これが面白いではありませんか。そこには、自分にとって「おじいちゃん」でしかなかった人の生い立ちやら戦争体験やらが書いてあって、「おじいちゃんって、こんな人だったのネー」と、思わず熟読してしまう。というわけで皆さん、自分史って、孫にとっては面白い読み物になりますので、書いておかれるとよいと思いますよ。

祖父・耕一の自費出版本によると、祖父は自分の両親とは早くに死に別れていたらしいのです。小学生時代に亡くなった耕一の母親は大柄な人だったのだそうで、また、母親亡き後に祖父の母親代わりとなってくれていた姉については、

「姉の身長は一六五糎《センチ》くらいあって、体の大きい母に似た美人だった。父の死後もわれわれを励ましてくれて、世の中の風雪に耐えさせてくれた」

と記してあるのです。

しかしその姉も、耕一が大学生の時代に死去。耕一は、母と姉という、身体が大きくて優しかった二人の女性に、先立たれてしまったのでした。

だからこそ耕一は、その時代にしては稀《まれ》な大女であった綾子嬢を見初めたのでしょう。母や姉を思わせる体格を、綾子は持っていたのです。

綾子が女子美を卒業したら結婚しよう、と二人の意志は固まりました。綾子は、卒業式を終えるといったん鹿児島に戻り、両親に結婚したい旨を伝えます。

しかし、両親は綾子の結婚に、反対しました。両親からしたら、娘は学校を終えたら鹿児島に帰って、鹿児島の人と結婚するものと思っていたのです。東京で結婚してしまったら、鹿児島に戻ってくることは容易ではないわけで、親としては反対して当然と言えましょう。

「で、おばあちゃんはどうしたわけ？」

と私が問うと、

「結婚しないにしても、相手にちゃんとお話をしなくちゃいけないからって、もう一回東京に行ってくるって言ったのよ。でも、東京に出てくると、やっぱり結婚したいってことになって。親からは鹿児島に戻ってこいってしきりに言われたけれど、戻らなかったの」

と言うではありませんか。さすが薩摩おごじょ、こうと決めたら意志は固い。

最後には両親も折れて、綾子と耕一はめでたく結婚することとなりました。明治神宮での結婚式には、鹿児島から両親も上京。綾子二十一歳、耕一二十八歳のことでした。

耕一は、医大を卒業すると同時に麻布三連隊に軍医として入隊。除隊後の勤務医時代に、綾子と結婚したことになります。その後、長男と次男が生まれて、落ち着く必要を感じたのでしょう、昭和十一年、すなわち二・二六事件があった年に、目黒区に産婦人科の診療所を開業しました。

しかし耕一は、せっかく開業したものの、自分の診療所に腰を落ち着けることはなかなかできません。国家総動員体制の世となり、日本は第二次世界大戦へとつき進んでいきます。開業の翌年には、耕一も応召となり、上海へ。

耕一が不在の間、綾子は開店休業状態となった診療所を、下宿屋にしていました。昭和十五年にいったん耕一が帰国して再開業したものの、翌十六年には再び応召となって、耕一は満州へ。十八年に除隊になってまた開業したと思ったら、今度は十九年に三度目の応召となり、今度はフィリピンへ行かなくてはならなくなったのです。

耕一が終戦を迎えたのは、フィリピンにおいてでした。そこでアメリカ軍の捕虜となり、日本に戻ってきたのは昭和二十二年。

戦地から日本に戻ってくる度に、二人の間にはさらに二人の子供が生まれました。そのうちの一人が私の母ということになりますが、綾子としたら戦争中に四人の子供を抱え、実の母も姑も近くにいないという状況は、とても大変だったことと思われます。

フィリピンから耕一が目黒に帰った時のことは、自分史にも書いてありました。早朝、自宅に戻って耕一が寝ていたら、

「しばらくして長女が眼を覚まして、母親を起こし、『お母さん、どこかのおじさんが寝ているよ』といぶかっていた。彼女とは小さい時別れ、捕虜生活を入れて三年は経っているので、父を忘れているのだった。『お父さんですよ』と家内に言われて、彼女はまた寝てしまった」

ということで、この「長女」が私の母、「家内」が綾子ということになります。

かくして耕一が無事に東京に戻り、戦後の一家の暮らしが始まりました。戦後のベビー

ブームもあって、診療所の仕事は忙しかったようです。

綾子も、入院患者の世話で忙殺されました。患者さんの食事の世話は、綾子の役目。

「患者さんにおいしい食事を食べてもらおうと思って、おばあちゃんは魚菜学園（田村魚菜さんが開いていた料理学校）に通ったのよ。だから、うちの診療所は、食事がおいしいって評判だったわ」

と、祖母は言う。

女学校から寄宿舎生活をしていた祖母は、結婚当初は料理で苦労したようです。

「新婚時代、タラを出したら、おじいちゃんに『こんなもの、食べられない』って言われたのよ。房総育ちだから、お魚には舌が肥えていたのね。こんな人、いやだな〜と思ったわよ」

と、言っております。

私の記憶の中の祖父は、やはり何となく気難しそうな感じの人。お酒と食べることが好きであったらしいことは、自分史における応召時の話の中に飲食ネタが多いことでも想像がつきます。明治生まれのワガママ男だったこともあり、祖母も夫の機嫌をとるのは大変だったことでしょう。

ちなみに、私の母に、

「おばあちゃんって、どんな母親だったの？」

と聞くと、

「夫が一番、子供は二番って感じだったわね」

とのこと。さらに祖父は、居候を置いたりするのも好きだったので、祖母は子供と患者さんと居候達の世話で、目まぐるしい毎日を送っていたのでした。

耕一の浮気騒ぎも、あったそうです。

「その時は私、お酒を飲んでやったのよ。そうしたらくるくるーっと目が回って、三日間寝込んじゃった」

と、祖母。まったくお酒が飲めない体質の祖母が、急にお酒を飲んだことによって、急性アルコール中毒となったらしいのです。今聞くと可愛らしく思える抗議ですが、当時の本人としては必死だったに違いありません。

そうこうしているうちに、四人の子供達は全員結婚。長男が診療所を継ぎ、孫も次々と生まれ、綾子と耕一は、おばあちゃんとおじいちゃんになりました。

耕一はその後、八十八歳で亡くなりました。時に綾子、八十歳。以来二十年近く、未亡人生活を続けているのです。

未亡人生活における祖母の趣味は、民謡と麻雀です。孫の結婚式では民謡を披露し、近所のお年寄り達のお宅で、持ち回りで麻雀を楽しむ。「この袋から、減ったことないのよ」と、麻雀用の小銭が入った袋を見せてくれたことがありましたっけ。

しかし九十九歳ともなると、まずは民謡の先生が先に亡くなってしまい、麻雀仲間達も、身体を悪くしたり亡くなってしまったり。今ではあまり趣味を楽しむことができません。

しかし健啖家の祖母は、

「今日のお昼は、カツカレーを食べたの」

などと言っており、まだ食べる楽しみが残されている模様。

「私、何だか死ぬ気がしないのよね〜」

と、宇野千代さんのようなことをつぶやいたりするのでした。

祖母の家には、子だの孫だの曾孫だのが、入れ代わりたちかわり、遊びに来ています。妻に先立たれて独り身の伯父はしょっちゅう、

「おふくろ〜」

などと、食事をしに来ている模様。「九十代と七十代でも、母と息子の関係って変わらないのだなぁ」と、私は思うのです。

その姿を見ていると、やはり子供を産み育てることの意義、のようなものを感じずにはいられないのでした。苦労しつつも四人の子供を育てたからこそ、祖母は今、子孫に囲ま

れた生活を送っている。「私が老人になっても、孫は決して遊びに来ないのであるなぁ」と思うのですが、その寂しさが本当に骨身に沁《し》みるのは、私が老人になってからのことなのでしょう。

そんな祖母は、私が遊びに行くと、

「で、順子ちゃんは結婚したの？」

と聞くことがあります。この質問は、かれこれ二十年くらいは続いているのであり、私はいつも、

「してないのよー」

と答えている。

しかし祖母はそこで、決して「結婚しろ」「子供を産め」的なことは言わず、

「結婚すると面倒臭いことが多いからねぇ。しなくてもいいかもしれないわねぇ」

と、言うのでした。確かに、酒飲みで気難しい祖父との結婚生活は、面倒臭いことが多かったものと思われるのですが、「結婚しようとしまいと、どちらでもいい」といった姿勢は、こちらをホッとさせます。既に子孫の顔をたくさん見ている余裕が、まっとうな道からそれた孫をも容認するのでしょう。

そして私は、四十歳を過ぎた今も「孫」という立場でいられる幸福を、実感するのでし

た。祖母の身体が今も大きいということもあいまって、祖母の隣に座っていると、何か大樹に寄り添っているような気持ちになる。もちろんそれはかなりの老木であるわけですが、安全地帯にいるようなその気分を、できるだけ長く失わずにいたいと祈っているのでした。

がばいばあちゃん

私自身の祖母の話はひとまず終えて、今回からは様々な〝名おばあさん〟達のお話とまいりましょう。昨今では「トイレの神様」など、おばあさんものはたまに大ヒットとなるわけですが、ある時、「ビジネスジャンプ」をぱらぱらとめくっていたところ、「がばい」というマンガに目がとまりました。「あ、『佐賀のがばいばあちゃん』ってマンガもあるんだぁ」と読んでみたところ、ついつい引き込まれて、読み終えた時には目頭が熱く……。

島田洋七さんの『佐賀のがばいばあちゃん』が最初に自費出版されたのは、一九九三年のことなのだそうです。その後、一般書籍として出版されてから一気に人気が出て、世はがばいブームとなりました。

ベストセラーをつい敬遠してしまうタイプの私としては、ブームの頃は「がばい」に手を出さずにいたのです。「ま、何となく想像つくし」と。

しかしブームから何年も経った今、マンガで「がばい」を読んだら、「がばいばあちゃん、素晴らしい！　売れるのわかるわぁ！」と、一気にがばいファンに。

とはいえ、マンガ一篇だけを読んでがばいを語るのは、いかがなものか。私はさっそく、『佐賀のがばいばあちゃん』を読んでみようと、アマゾンで検索したのです。

するとどうでしょう。『佐賀のがばいばあちゃん』は正伝だとしたら、正伝以外にも『がばいばあちゃんの　笑顔で生きんしゃい！』『がばいばあちゃんスペシャル　かあちゃんに会いたい』『がばいばあちゃんの勇気がわく50の言葉』……等々、がばい関連本はたくさん出版されていて、シリーズ売り上げは六百七十万部にもなっているとのこと。

早速、正伝と他の何冊かを取り寄せて、読んでみた私。いやぁ、やはり引き込まれましたね、がばいの世界。

がばいばあちゃんの「がばい」が、佐賀の言葉で「すごい」という意味であることは、既に世の常識となっているかと思いますが、では広島イメージが強い島田洋七氏がなぜ佐賀なのか、と言いますと……。

洋七さんは広島生まれだったのですが、原爆投下後にすぐ疎開先から広島へと入った洋七さんのお父さんが、洋七さんがまだ幼い頃に、原爆症で亡くなってしまったのです。お母さんは女手一つで子供達を養っていかなくてはならなくなりました。

しかし、まだ小さな洋七さんがいては、働くのもままならない。そこで洋七さんは、母方の実家、すなわち「佐賀のがばいばあちゃん」の家に預けられることになったのです。洋七さんが広島から佐賀へと行くシーンは、泣けます。お母さんっ子の洋七さんに、事前に佐賀に行くことを伝えたらぐずるだろうからと何も言わず、ただ「佐賀から来たおばさんを送りに行く」と広島駅へ。汽車のドアが閉まる瞬間、お母さんはドンと洋七さんの背を押し、汽車に乗せてしまうのです。芝居だったら、子別れの名シーン。

佐賀の田舎暮らしが最初は嫌でたまらなかった洋七少年でしたが、がばいばあちゃんのもとで次第に馴染んでいきます。そして、がばいばあちゃんの豪快で優しい〝孫育て〟っぷりこそが、読者のハートをキャッチして離さないわけです。

がばいばあちゃんは、貧乏な暮らしをしています。前の川に流れてくる野菜を拾い、歩く時は腰から磁石をぶらさげて、鉄くずを集める。しかし、

「貧乏には二通りある。明るい貧乏と暗い貧乏。うちは明るい貧乏だからよか。それも、最近貧乏になったのと違うから、心配せんでもよか。自信を持ちなさい。うちは先祖代々貧乏だから」

と、ものすごくポジティブに貧乏をとらえているのです。と言うより、そういう姿勢を孫に見せている。

食べるものが無い時は、空腹を訴える洋七少年に、

「気のせいや」

と。寝ていても目覚めてしまうほどの空腹で起きてくれば、

「夢や」

と、ユーモアのセンスもいかしている。

ポジティブな姿勢は、経済状態に対してだけ向けられるのではありません。洋七少年の通知表の数字が1と2ばかりでも、

「大丈夫、大丈夫。足したら5になる。人生は総合力」

と、笑いとばすのでした。

がばいばあちゃんは、本当に「がばい」なのです。夫に先立たれたため、掃除の仕事をしながら子供達を育てあげ、子育てが終わったと思ったら孫を引き取る。何事にも動じず、全ての人を平等な目で見る……。

何冊かのがばい本を読み終えると、島田洋七さんが大人になっておばあさんのことをしみじみと思い出し、本を書きたくなった気持ちが、よくわかる気がしたものです。おばあさんの偉大さは、大人になったからこそ余計に、身に染みたのではないでしょうか。

がばいばあちゃんは、今流行《はや》りの「かわいいおばあちゃん」ではなく、お洒落《しゃれ》なおばあ

さんでもないのです。ただ、がばいばあちゃんは「強い」。

最近のおばあさん状況はと見てみると、おばあさんの弱体化が目につきます。孫達が遊びにきても、数時間すると疲れてしまって、「早く帰ってくれないかしら〜」などと思っている。娘がしょっちゅう孫を預けに来ることに腹をたてて娘と大喧嘩、などという話もよく聞きます。

おばあさんの弱体化はどこからきているのだろうか、と考えてみたところ、「祖母」となった人達の中には、すでに戦争を知らない人達が大勢いるのでした。豊かになった日本で、不自由さを知らずに育った人が、今や祖母となっている。戦争を知っていても、子供として戦争時代を過ごした人が、今の「祖母」達ということになります。

がばいばあちゃんは、明治三十三年（一九〇〇年）生まれ。つまり、戦争の時はすっかり大人でした。がばいばあちゃんは子供を抱えて戦争を乗り切った人なのです。

戦争を、知っているか否か。これは、バブルを知っているか否かなどということとは比べものにならないほどの影響を人格に及ぼすであろうことは、戦争を全く知らない私にも想像がつきます。戦争を知っているおばあさんは、「あのような苦労を、子や孫にはもう味わわせてなるものか」と、必死に子を育て、孫を愛《め》でたに違いありません。戦争を知っているおばあさんは、自らを捨てて子や孫に接するのです。

対して最近のおばあさんは、自分の幸福を追求することに、貪欲です。子育てとか介護といったことが終わったら自分のために遊びたいし、いつまでもお洒落していたいし、モテてもいたい。

私は、それが悪いことだとは全く思いません。過去、女性の滅私の姿勢によって家族という団体が支えられてきた部分は大きいわけで、世の中が豊かにそして平和になってくれば、全く感謝されない無償の奉仕をいつまでも続けられるわけもない。私自身もきっと、個としての幸福を何歳になっても追求し続けるであろうことは、想像に難くないのです。しかしだからこそ、がばいばあちゃんは大ヒットしたのだろうなぁとも、思うのでした。

私達は既に、「おかあさんだって、おばあさんだって、人間だ。と言うより、女だ」ということに気付いてしまっています。彼女達は既に、永遠に文句を言わずに無償の愛を提供してくれる存在ではありません。個の幸福が充足していなければ、母だろうと祖母だろうと、無償の愛は尽きてしまうのです。

対してがばいばあちゃんは、いつも同じ服を着て、朝からずっと働き通し。子供と孫のために、自分の人生を捧げています。だというのに、不満は決して言わないし、弱音も吐かないし、見返りも同情も求めず、

「ばあちゃんだって寂しいんだよ。だからわかっておくれ」

などと夜遊びに出ることもしません。困難があってもオタオタすることなく、常に叱咤激励してくれるのです。

そんながばいばあちゃんだからこそ、無償の愛は有限であることに気付いてしまった現代人は、グッときたのでしょう。がばいばあちゃんは、日本人の「おばあさん幻想」を、刺激してくれるのです。

今、洋七さんは講演活動でひっぱりだこのようです。そういえば私も、以前とある温泉ホテルに講演にやってきた洋七さんの姿を見たことがありましたっけ。洋七さんからがばいばあちゃんの話を聞くことによって、人々は無償の愛にひたるような気持ちを持つことができるのだと思います。

洋七さんのオフィシャルサイトを見れば、がばいばあちゃんシリーズは、本やマンガのみならず、CDやDVDになっていたり、ニンテンドーDSソフトになっていたりもするようです。はたまた、がばいグッズというものもあって、

「笑顔で生きんしゃい」

「あんまり勉強するな　勉強すると癖になるぞ」

「嫌われているということは、目立っているということや」

といった、含蓄あるがばいばあちゃんの名言が、有田焼（佐賀だけに）の湯呑みや皿や

ビアグラスに描いてあったりするのです。がばいばあちゃんは、既に相田みつをの向こうを張るような、がばい産業と言うべきものの担い手になっていたのでした。

　平成の世に生まれた、おばあさん界の大スター、がばいばあちゃん。がばいばあちゃんは既に亡くなっていますが、ばあちゃんの言葉と思想は、孫の洋七さんのお筆先をもって、世に伝えられています。

　平和な世が続く限り、祖母達の弱体化という流れは止まらないとは思いますが、「かつて、日本にはこんなおばあさんがいた」という事実は、人々の心の郷愁をこれからもかきたて続けるのでしょう。

料理系おばあさん

おばあさんは、料理が上手であってほしい。……私達は、そんな希望を持っています。今の時代、もはや「おかあさん」に料理上手を期待することはできません。手間を惜しまぬ料理上手なおかあさんも中にはいるけれど、忙しいとか、面倒臭いとか、料理嫌いとか、様々な理由から料理をしないおかあさんもたくさんいる。

対しておばあさんは、料理が面倒臭いなどと、決して言わなさそうです。もちろん中には料理嫌いのおばあさんもいるわけですが、私達はついつい、「絶対に嫌な顔をせず、無償の愛を孫子に注ぐ」というイメージを求めてしまう。

おばあさんが作る料理のイメージとは、乾物や野菜が中心の、昔ながらの素朴なおかず。低カロリーで飽きのこない味、といったところでしょう。

私自身は、おばあさんの手料理には、あまり接したことがないのです。同居していた

「荻窪のおばあちゃん」とヨメである母の間では、既に台所使用権の譲渡が行なわれていたらしく、物心ついた頃には、料理は全て母が作っていた。祖母がガス台を使用するのは、冬に行火に使用する豆タンに加熱する時のみだったのです。

老人と子供が同居していると、おかずの好みが違って大変だといった話を聞くこともありますが、我が家の場合は、祖母がかなり若い舌（および胃）を持っており、子供達は年寄りじみた舌を持っていたため、両者の好みは歩み寄っておりました。祖母は、九十歳を過ぎても、母が作ったラザニアだのミートローフだの、時にはチーズフォンデュやオイルフォンデュまでを和服姿で平然と食べておりました。こってりしたメイン料理のサイドディッシュとして、ぜんまいの煮物とか切干大根とかがあったわけで、その混在っぷりが誠に昭和らしい食卓であったと言うことができましょう。

おばあさんの料理というのはこんなものなのかな、と思ったのは、「十条のおばさん」が遊びに来る時でした。十条のおばさんとは、祖母達がかつて仲人をしたという人なのだそう（とはいえ、既におばあさん）。たまに祖母のところに遊びに来ていたのですが、その時いつも、風呂敷に包んで持ってくるのが、グリーンピースご飯のおむすびと、蓮根のきんぴら。二人のおばあさんのご相伴にあずかりつつ、肉だのチーズだのが一切除外された料理も良いものだ、と私は思っていたのです。

子供時代の私は、ＮＨＫ「きょうの料理」を見るのが好きだったのですが、あの番組に出ていらした先生は皆、おばあさんだったような気がしたものです。城戸崎愛先生、江上トミ先生、王馬熙純先生といった先生方は、大御所感を漂わせていらした。

女性が働くことが当たり前でなかった時代、料理の先生という職業は、数少ない女性向けの職業でした。料理の先生というのは、主婦の延長線上にあるような職業でもあり、キャリア臭はあまり漂いません。また当時、洋食や中華料理の知識を持つ女性というのは、良いお生まれだったり、海外生活経験をお持ちだったりと、今で言うところのセレブ主婦だったわけで、お料理の先生の背景には「憧れの生活」のようなものが見えたのです。

対して、日常のおかずを教えて下さるおばあさん先生は、着物に割烹着にひっつめ髪といった、昔ながらのおばあさんスタイル。故郷に帰った時におばあさんが作ってくれるのはこんな料理であろう、と思わせるメニューを、教えてくださいました。

料理の先生＝おばあさん（土井勝先生や村上信夫先生といったおじいさん先生もいらっしゃいましたが）、という時代が終ると、アメリカで言うならばマーサ・スチュワート系の、「素敵なライフスタイルごとご提案」といった、等身大の料理の先生達が登場しました。その代表格が栗原はるみさん。きれいすぎず、セレブすぎず、お洒落すぎない普通の女性（自然体、と言われていましたね）が、難しすぎない料理を教えてくれるスタイルはたいそう流行し、栗原はるみさんは、カリスマ主婦と呼ばれたものです。

今でも、「ちょっとお洒落な料理研究家」ブームは続いています。自分でハーブを育てたり、土鍋でご飯を炊いたりしているような、化粧の薄いお料理上手の女性達は、色々な女性誌において、ちょっとお洒落な料理を教えているのです。

が、そんな中で密《ひそ》かに復活しているのが、「おばあさんの料理」なのでした。書店の料理本コーナーをつらつらと眺めている時に目にとまったのは、『いつも、ふたりで』という本。「ばーさんがじーさんに作る食卓」というサブタイトルがついたこの本は、出版当時ともに六十九歳という、京都に住む岡西さん夫婦の料理本なのです。

今の時代、六十九歳というのは決してばーさんでもじーさんでもないような気はします。料理を見ても、栗包み鶏もも肉のグリルとか、いちじくのガレットとか根菜のカポナータとか、洒落たカフェのようなメニューが並ぶのであり、旧来のおばあさん料理のイメージとはまるで違うのです。昨今のおばあさんはここまで進化しているのか、と驚くと同時に、「ばーさん」がこの手の料理を作るというところがまた、若い読者にはアピールするのだと思われる。

ずっと結婚できなかったり、結婚しても離別したりする人も多い今の時代、夫婦仲良く共白髪というのは、ほとんど奇跡に近い状態です。奥付を見ればこの本、だいぶ版を重ねている様子。若者達は、いつまでも手料理を夫婦で楽しむことができる生活に憧れて、この本を手に取るのでしょう。

帯には、「『早くばーさんになりたい！』人が急増中！」との文章が。その気持ちは、私にもよく理解できるものです。アイだのコイだのいつまでも若くいたいだのといった生々しくてギラギラした世界に生きていると、「いつになったらここから足抜けすることができるのか」と、ふと思うことがあるわけです。そんな時にこの本を読んだなら、「好いた腫れたも、別れる切れるも考えなくていい安定した夫婦生活の中で、日々夫に料理を作る生活って、何て素敵なのかしら」と、まだ自分のことを「ばーさん」と自称することができない人々は、思うのではないか。

さらには『カリフォルニアばあさんの料理帖』という本にも、出会いました。これは、アメリカ人と結婚してカリフォルニアに住む、レイ久子さんという方の料理本。この方は、まだ六十代になったばかりで、けっして「ばあさん」ではないわけですが、「カリフォルニアおばさんの料理帖」よりも「カリフォルニアばあさんの料理帖」の方が読者はグッとくる、ということで「ばあさん」となったのではないかと思われる。

この本には、マカロニ&チーズ、フライドチキン、ピザ……といったアメリカっぽい料理のレシピが並ぶのですが、そこはそれ日本女性が作っている料理なので、低カロリーになるように工夫されていたり、加工食品を使用しなかったり。アメリカのおばあさんと日本のおばあさんの良さが合体したような料理本と言うことができましょう。

さらには『祖母ログ　うんまいゴハンがみんなをつなぐ』という本も、発見しました。一九二六年生まれの永島ヒデさんが作る料理について、娘さんが文章を書き、お孫さんが写真を撮ったというこの本。山菜おこわ、しらあえ、すいとんといった、おばあさんらしい料理のレシピがやっと出てきて、ちょっとほっとします。が、いつも赤い服を着こなして自分で車を運転し、クラシック音楽を愛するヒデさんは、割烹着にひっつめ髪でぜんまいを煮ているような、旧来の料理系おばあさんのイメージとは、やはりかけ離れているハイカラぶりなのでした。

今ご紹介した三冊のおばあさん料理本には共通点があって、それはもともとブログだったものが単行本になった、ということ。『いつも、ふたりで』の帯には「一〇〇万アクセスブログが書籍化！」とありますし、『カリフォルニアばあさんの料理帖』の帯は、「カリフォルニア発！　人気ブロガーばあさんがおくる料理レシピ115　ブログを始めたきっかけは？↓娘がボケ防止に始めなさいと言う。↓はい。今日から始めます」というもの。「祖母ログ」にいたっては、「祖母」の「ブログ」だから「祖母ログ」。帯には、「人気沸騰の女3世代ブログが、ついに本になりました。80歳のネットアイドル⁉」という文字が躍っています。

このように、ブログによって市井《しせい》の料理好きおばあさんに光が当たるようになったのが、料理系おばあさんを巡る、昔と今との最も大きな違いでしょう。昔は、選ばれたセレブおばあさんがお料理の先生になっていたのが、様々な地域に住み、様々なバックグラウンドを持つ普通のおばあさん達が、今やブログによって自慢の料理を披露するようになった。そんなおばあさん料理を、あらゆる人々が孫気分で眺めるようになったのです。子や孫の手助けによって成立しているブログとはいえ、とにかく自分でブログができるようなおばあさんが作る料理ですから、ハイカラで当たり前なのかもしれません。

おばあさんと同居した経験を持つ孫が少ない時代であるからこそ求められる、ネットによるおばあさんの共有。実際に料理を作ってもらえなくとも、「いつでも美味《おい》しい料理を作って待っていてくれるおばあさん」がどこかで待っていてくれると思うことによって、多くの疑似孫達の心は和むのであって、「おばあさんのネットアイドル」は、これからもどんどん出現するような気がします。

料理系おばあさん・2

「おばあさんが作ったおむすび食べて泣くってやつ、知ってる？」

という話を友人から初めて聞いたのは、何年か前のことでした。「おばあさんが作ったおむすびを食べて泣く」と聞いても、何が何やらわけがわからなかった私。

「それ、どういうこと？」

と尋ねたのですが、

「青森の方におばあさんがいてね、そのおばあさんが作ったおむすびを食べると、悩みがある人とか、思わず泣いちゃうんだって」

という話を聞いても、わけのわからなさは深まるばかり。

「え？　何か特殊なものが入っているおむすびなわけ？」

と、さらにトンチンカンな質問を続けていたのでした。

その後知ったところによると、「青森のおばあさん」とは、佐藤初女《はつめ》さんのこと。青森県弘前市で、「森のイスキア」という宿泊施設を主宰していらっしゃるのだそうです。宿泊施設といっても、それは旅館とかホテルといった類《たぐい》のものではなく、傷ついた人や悩みを抱える人が、イスキアにおいて初女さん手作りのおいしい食事を食べることによって、次第に心を開いて元気になっていく……と、そういった施設らしい。

一九二一年に青森市で生まれた、佐藤初女さん。カトリック信者である初女さんは、教会の役員などをしているうちに、きっとそのお人柄のせいなのでしょう、相談の電話や来訪者が増えてきたのだそうです。そんなことが重なった末に、「弘前イスキア」と名付けた施設を開いたのが、一九八三年のこと。イスキアとは、都会生活に疲れた若者を癒したイタリアの火山島の名前なのだそうです。

イスキアにおいては、野菜、魚、豆腐など、旬の新鮮な食材を使用した、手作りのおかずが供されます。そして、初女さんの握ったおむすびも。それらの食事を食べるうちに、悩みを持つ人の心が解けてきて思わず涙……というのが、「おむすび食べて泣く」の意味だったのでした。

そんな施設があるのであれば、行ってみたいものだなぁ、とも思ったのですが、行ったことがある人の話によると、

「旅行気分とか食べ歩き気分で行くところじゃないわよ」

とのこと。何でも彼女がイスキアへ行ったところ、自分以外は皆、深刻な悩みを抱えていたり、立ち直れないような痛手を負った経験を持つ人ばかりだったそう。

「自分がここにいてはいけない気分になった……」

とのことなのです。

その話を聞いて私は、やはり青森の恐山のことを思い出したのでした。死者の言葉を生きている者に伝えるという、イタコの口寄せで知られる、恐山。私も行ったことがあるのですが、イタコさんに口寄せをお願いしている人達は皆、亡くなったかたとどうしてももう一度話がしたいと、真剣に考えているかたばかり。「珍しいもの見たさで来るべき場所ではないのだなぁ」と、実感したのです。

数人いたイタコさんは、そのほとんどがおばあさんでした。語る言葉は青森弁であり、ほかの土地から来た者にとってはヒアリングが難しかったりする。

しかしたとえ何を言っているのかがよくわからないにしても、イタコさんがおばあさんであるからこそ、大切な人を亡くして大きな喪失感を抱えている人の心は、慰められるのだと思うのです。恐山は本当に、あの世とつながっているのではないかと思われるような空気の流れる場所なのですが、そんな所で話を聞いてくれるのは、今まで様々な経験をしてきたのであろう、そして既に死の世界をどこかで感じていそうな、おばあさん。その「おばあさん性」というものを求めて、人々は恐山を目指すのではないか。

佐藤初女さんは、もちろんイタコさんではありません。が、大きな喪失感を抱える人達は、初女さんが料理という手法をとってもたらしてくれる癒しを求めて、イスキアへ行く。その時、初女さんが既に長い人生を送っていらしたという〝おばあさん性〟が料理の背景に存在するが故に、人々はより深い癒しを得られるのではないかと思うのです。

私は初女さんのお料理本を持っているのですが、そこに載っているのは、にんじんの白あえ、ふきみそ、棒だらの煮つけなど、手をかけて作られた、しかしシンプルな料理の数々でした。

噂のおむすびも、載っていました。少し中央部が凹《へこ》んだ、白玉だんごを大きくしたような形で梅干し入り。海苔で全体が包まれています。このおむすびを食べたことによって、自殺を思い止まった人もいるそうです。

安く、早く、手軽に……という食生活の今だからこそ、初女さんの料理は、悩む人々に力を与えるのでしょう。食べる人のことを思って丁寧に作られた料理の味は、きっと食べる者の気持ちに何かを訴えかけるのです。

人を癒す料理、としたところでもう一人思い出すのは、辰巳芳子さんです。一九二四年生まれの辰巳芳子さんといえば、スープのかた、というイメージがあります。辰巳さんは、お父様の介護をなさっているうちに、スープの効能というものに開眼されたのだそうです。

辰巳芳子さんがスープの作り方を教えていらっしゃるのを、私はテレビで見たことがあります。丁寧におだしをひいている辰巳さんに、ある生徒さんが、

「時間がない時は、粉末のおだしを使ってもよろしいでしょうか？」

といったことを質問したところ、辰巳さんは、

「あなた今まで何を学んできたの！」

と、烈火の如く怒りはじめたのでした。

私はこの画像を見て、とても新鮮な気持ちになったものです。昨今のお料理の先生といえば、「時間がない時は○○で代用しても全く構いません」「電子レンジを使えば、ほらこんなに簡単」と、とにかく徹底して手間をはぶいた手順を教えてくれます。料理に時間をかけたくない生徒達を甘やかしてあげないと、人気の先生にはなれないのです。

しかし辰巳さんは、そんな時代の流れなど、毅然として無視されていました。手間暇かけずして何の料理だ、と。

辰巳さんがちゃんと怒るおばあさんであることにも、私は感動しました。私達は、とことん優しくて深ーい包容力を持つ存在としてのおばあさんを求めがちですが、辰巳さんは

厳しい。決して手抜きをしない料理を、生徒さん達にたたき込んでいたのです。

「嫌われたくない」という人が多い中で、きちんと怒ることができるというのは、辰巳さんの中に、使命感があるからなのでしょう。辰巳芳子さんのお母様である辰巳浜子さんもまた、著名な料理の先生でいらしたわけですが、浜子さんは一九六九年に出した『娘につたえる私の味』の中で、

「食べものは、その人の手で作られ、人の手はその人の心につづいています。誠意と愛情によって作られる食べものは、血となり肉となって生命につながるばかりでなく、その思いの中にもかかわりを持ってゆくものではないでしょうか」

と記していらっしゃる。

芳子さんが持つ使命感とは、このお母様の信念を、後世に伝えていくことなのではないかと私は思います。『娘につたえる私の味』が近年になって復刻された時、芳子さんはその本が長年にわたって読み続けられている理由について、

「料理書における普遍性とは、どのような内容でなければならぬのでしょうか。それは、時代の変遷、生活様相の変化にもかかわらず、変わらざるもの、変わってならぬものへの答えを、調理という具体性を通して直感なしうる真実性を備えているか否か、そこにかかっていると考えます」

とされています。時代が変わったからといって、料理は変わっていいものではない、と。さらには、お母様が料理をされる上で随所に発揮されていた「ひらめき」を紹介された後で、

「多くの方々は、『ひらめき』と『思いつき』を区別なさらない。ひらめきは、練習量の上澄み」

とも書かれている。その厳しい言葉は、何も料理だけにあてはまるものとは思えず、我が身を省みてドキッとしたことでした。

そこには、「無理のない範囲で、お気楽に料理をいたしましょう」などという考えは全く存在していません。人間の根本を形成していく上で、料理というものがどれほど重要であるか、母から伝わる魂のようなものを、芳子さんは伝えようとしているのです。

料理を通じて、人をどこまでも優しく迎え入れる、初女さん。そして、厳しく料理を伝えていく、芳子さん。お二人の印象は違うのだけれど、しかし料理に対する姿勢は、共通しています。初女さんは、

「正しい食事をしているところに問題は起こりません」

「めんどうくさいという心が、地球を破壊します」

とお書きになっていますが、確かに「面倒だから」とパック入りの出来合い惣菜を買う

ことによって、確実に何かは失われている。昔の日本人を知っている初女さんも芳子さんも、そこで失われていくものがどれほど大きいかを実感しているからこそ、世に警鐘を鳴らさずにいられないのでしょう。

人は今、自分の周囲に初女さんのような料理を作ってくれる人がいないから、わざわざ青森まで、初女さんの料理を食べに行きます。今は既に、そういう時代なのです。

しかし料理上手のおばあさん達は、永遠に私達に料理を作り続けてくれるわけではありません。おばあさんの料理は、おそらくどんな一流シェフの料理もかなわぬ効能を持っていたということを、私達は失って初めて気付くのでしょう。

子供の頃からマクドナルドを食べていた私達は、自分がおばあさんになった時、「おばあさんの味」を、果たして再現できるのでしょうか。その時になったら、既にカレーライスすらも「手のこんだおばあさんの料理」になっているのかもしれず、そうだとしたら芳子さん、きっと怒るだろうなぁ……。

三婆

先日、国立劇場小劇場において、文楽を鑑賞しておりました。演目は、「近江《おうみ》源氏《げんじ》先陣《せんじん》館《やかた》」。近江源氏の、佐々木盛綱・高綱という兄弟の攻防の物語です。

鎌倉時代のお話としてこの物語は描かれていますが、本当にモデルとなっているのは、大坂冬の陣。この物語が初演されたのは明和六年（一七六九年）なのですが、江戸時代は徳川家に関することをそのまま芝居にすることは禁じられていたため、時代を変えた上、徳川家は鎌倉方、豊臣家は京方というように、設定も変えているのです。盛綱と高綱の兄弟は、真田信之と幸村がモデルとなっているのでした。

物語において、盛綱と高綱の兄弟は、敵味方に分かれて戦っています。盛綱には小三郎、高綱には小四郎と、それぞれ一子があるのですが、小三郎と小四郎は従兄弟《いとこ》という関係ながら、初陣で刃を交えることに。結果、小三郎が小四郎を捕らえるのです。

盛綱の陣所に小四郎は連れてこられるのですが、その姿を見て、盛綱の母である微妙《みみよう》は、胸を痛めます。微妙にとって小四郎は、人質とはいえ自分の孫なのですから。

しかし微妙には、さらに苛酷な運命が待っています。微妙は、自分の息子である盛綱から、「小四郎に、腹を切るように説得してほしい」と、頼まれるのです。

それというのも、弟・高綱が子の命惜しさに降参することになれば、武士としての晩節を汚すことになる。小四郎が死ねば弟の「忠」を貫かせることができるが、しかし自分が殺したのでは主君である北条時政（徳川家康がモデル）が考えている「小四郎を人質にすることによって高綱を味方につける」という考えに背くことになってしまう。

とするならば、小四郎が自害すれば、

「兄が義も立ち弟が忠も立つ」

ことになる。そして、浄瑠璃の台詞《せりふ》を記してみるならば、

「双方全きこの役目は、ご苦労ながら母人、密かに小四郎に腹切らせて下されかし」

「胸に磐石こたゆる辛さ、弓馬の家に生まれし不祥、コレコレ聞き分けてたべ母人」

と、盛綱は微妙に頼むのです。

現在の考え方でいけば、いくら息子の頼みとはいえ、祖母はそんな考えを受け入れることはしないはずです。敵方とはいえ、小四郎は微妙にとって可愛い孫。「とてもそんなこ

とはできない」と拒否するのではないか。

しかし微妙は、「弓馬の家」の人なのでした。

「弟に不忠の悪名を付けさすまいと左程までの心遣いの親切、オオ忝《かたじけ》ないぞや嬉しいぞや」

と喜んでいるフリまでして、

「真実親身は子よりも可愛い孫なれども、思ひ切つて切腹させう」

と、引き受けるのです。

その後、小四郎を前にして、無紋の裃《かみしも》と短刀を差し出す微妙。賢い小四郎は、「腹を切れということですね」と悟ります。微妙は、

「世が世の時なら二人の孫、右と左に月花と並べて置いて老ひの楽しみ、この上もあるまいに、生け捕るも孫、捕られるも孫、小三郎が手柄したと煽ぎ立つる真ん中へ縛られて引き出されし顔見た時の婆が胸はのコレ、張り裂く様にありしぞや」

「ヤヤ介錯はこの祖母、可愛い孫を先立てていつまで因果の恥さらさうぞ、祖母も直ぐに自害して三途の川を手を引いて渡るわいの」

と、泣きながら小四郎を抱き締めつつ、剣を差し出すのでした。

愛する孫に、自害しろと迫る祖母。この時、微妙を演じる人形の首《かしら》は「婆《ばば》」（文楽では、

役柄によって首を使い分ける）という名のもの。総白髪の人形が、子供用の小さな人形相手にかき口説く様は、涙を誘います。

見ている私は、「ひっどい話だな……」と思っていたのでした。文楽・歌舞伎では、忠義のための人権無視、みたいなことが非常に頻繁に起こるのですが、孫に自殺を強要する祖母というのも、相当にひどい話ではありませんか。

この微妙は、数ある文楽・歌舞伎の演目の中でも、お婆さん役の代表的な大役・難役とされる「三婆」の中の一とされています。愛情と忠義とを、一人の老婦人の中に併せ持たせないとならないところが、非常に難しいのだと思う。三婆の他の二役は、「菅原伝授手習鑑《すがわらでんじゅてならいかがみ》」における「覚寿《かくじゅ》」と、「本朝廿四孝《ほんちょうにじゅうしこう》」における「越路」となっています。

「菅原伝授手習鑑」は、菅原道真の事件をモデルとした作品。覚寿は、主人公である菅丞相《かんしょうじょう》（道真のこと）の伯母の役なのです。物語において菅丞相は、養女である苅屋姫が斎世《ときよ》親王と駈け落ちしてしまった罪によって流罪となります。覚寿は、苅屋姫の実母でもあるのでした。

菅丞相は大宰府に流される前、覚寿の館へ立ち寄ります。苅屋姫も、父との別れをするために立ち寄るのですが、そこで覚寿は、「丞相が流罪になったのはお前の不義のせい」と、娘を杖で折檻するのでした。しかし、娘を一目、父である丞相に会わせてやろうとする優しさも持っている役なのです。

そして「本朝廿四孝」。このお話のベースになっているのは、武田信玄と上杉謙信の争いです。時代物というのはやたらとお話が複雑で「○○さんは実は××さんだったのです」ということが多いのですが、この物語も例外ではなく、とてもわかりにくい。

ともかく越路は武田家の名軍師・山本勘助の未亡人で、女ながら夫の名を名乗るという身。二人の遺児のどちらに山本勘助の名を名乗らせるかで悩み、裏に色々な理由はあるものの、雪なのに兄弟に「筍《たけのこ》を掘れ」と命令したり、兄には死に装束を用意した上で上杉の側につけと迫ったりと無理難題を……。

三婆を見てきた時にまず理解できるのは、筋が一本通った、「婆」たちの姿勢です。今は、おばあさんというとどこまでも甘えさせてくれる人ということになっていますが、三婆達は皆、厳しい。忠義のため、お家のために、子供や孫にも腹を切らせたり折檻することも厭《いと》わないのです。

それというのも、やはり彼女達が武家の人間だからなのでしょう。題材や舞台は色々な時代からとられていますが、文楽や歌舞伎の物語が書かれたのは江戸時代。「忠」とか「孝」が重要視される儒教思想が強まった時代です。「子や孫を可愛がりたい」という目先の欲求を満足させるよりも、家の繁栄を優先させるという儒教的な倫理規範の中で、おばあさん達も生きているのでした。

文楽や歌舞伎では、そこのところがドラマティックに演出されています。物語において、男が忠義のために泣いたり悶《もだ》えたりするのは、まぁ当たり前のこと。対して、忠義のために女子供が泣くことになると、観客にとっては非常に刺激的に見えるのです。特に、老いた女性であるおばあさんが「老い」や「女」を言い訳にせずに忠義のために生きる姿を見せると、観客達は強い迫力を感じるものです。

「近江源氏先陣館」の微妙などは、本当に可哀相な役どころなのです。息子・盛綱から、

「小四郎に腹を切るように言ってくれ」

と頼まれるわけですが、私だったら、

「そんなこと、自分で何とかすればいいでしょうよ。私に押しつけないでよ」

と言い返すことでしょう。

しかし微妙は、その頼みを聞き入れます。そこには、息子可愛さという気持ちもあったに違いなく、ここに「息子に甘い母」の一例を見るのでした。

しかしもちろん三婆達は、儒教倫理下で生きる人間であると同時に、女性であり、祖母、老母でもあるのでした。祖母、老母としての愛情と忠義の狭間で苦悩する様を演じるのは、今の感覚を持つ人にとっては難しいことなのではないか。

これはやはり、時代物ならではの役どころなのです。世話物では、娘が駆け落ちして実家に戻ってきたとしても、老母は杖で折檻などせず、優しくかくまうことでしょう。世話物の主人公は武家の人々ではなく庶民であるわけで、庶民は微妙のようなやせ我慢をしなくても済んだわけですね。

「近江源氏先陣館」のストーリーはその後、どうなったかというと、そうこうしているうちに小四郎の父・高綱が、我が子を生け捕られた悔しさから攻め入って、討ち取られたとの報が。高綱の生首が運びこまれると、小四郎は、

「父様さぞ口惜しかろ、わしも後から追っ付く」

と、「氷の刃雪の肌、腹にぐっと突き立つる」のでした。

首が本物かどうかを盛綱が改め、時政に「高綱の首に相違ない」と言上。しかし実はその首は、偽物なのです。高綱は、小四郎に「首が本物だと時政に信じさせるため、首が運び込まれたら自害しろ」と言い含めてあったのです。盛綱は、小四郎の健気さにうたれて、首実検において「本物だ」と言ったのでした。

嗚呼、何と可哀相な小四郎。彼は、微妙から言われなくとも、父に言われて最初から死ぬつもりでいたのです。ということは、微妙が心をすり減らして小四郎に自害を迫った行為も、全て意味がなかったということになるではありませんか。

微妙が浄瑠璃の中の台詞で語った通り、微妙が本当に小四郎の後を追って自害したかどうかは、物語には描かれていません。しかし微妙は、小四郎が自害したのは高綱の命令のせいであることがわかっても、自害したような気が私はします。盛綱からの頼みごとを聞いた瞬間に、微妙は自分の死をも覚悟したような気がするのです。

辱《はずかし》めを受けるくらいであれば、死を選んだ武家の女性達。今となっては、そんな女性達がかつて存在したことすら、信じられないのです。しかし、愛と忠義に挟まれて、毅然とした態度をとりながらも胸の内で煩悶する三婆達の姿は、婆ながら強く、凛々しくもある。やはり忠義のために無理をする人の姿は、日本人をどこかでウットリさせるものよのぅ、と思いつつも、「私が生きているのは今でよかった」と思うのでした。

捨てられるおばあさん

長野県にある「姨捨《おばすて》」という駅を、ご存じでしょうか？

この駅は、篠ノ井駅から松本を通り、塩尻へと続く篠ノ井線にあります。無人駅ではありますが、列車が行ったりきたりしながら勾配を進むスイッチバックが見られる駅であり、また目の前に善光寺平が広がる風景は「日本三大車窓」の一つともなっており、鉄道ファンにはつとに有名な駅。

しかし、「姨捨」。おばあさんの魂を持つ者には、どうしても気になる駅名ではあります。

私もかつて、姨捨駅に行ったことがあるのですが、標高約五五〇メートルの駅舎から見下ろす善光寺平は、なるほど絶景。ホームには、景色が存分に眺められるよう、盆地側を向いてベンチが設置してあります。

昭和二年にできたという木造の駅舎も、クラシックで可愛いのです。そして駅のすぐ下には、見事な棚田があります。ここから見るのが、いわゆる「田毎の月」というもので、ここは名月の地としても有名です。

姨捨駅のホームには、一枚の説明書きがあります。そこには、「むかし、むかし」と題され、姥捨伝説について記されているのですが、何でもその昔、信濃の国に年寄りが大嫌いな殿様がいて、七十歳以上の老人は山に捨てろとのおふれが出た、と。しかしある男はどうしても母を捨てることができず、こっそり自宅にかくまっていたのです。

そんなある日、殿様のところに隣国の使者が、「灰で縄をなえ。九曲の玉に糸を通せ。さもないと国を攻めるぞ」と、難題をふっかけてきたのでした。困った殿様が、この難題を解くことができる者を探すと、男の老母がその解決策を提示。男は褒美として老母の救済を求め、殿様はそれ以来、「お年寄りは大切にしなくては……」と改心したのでした。

と、つまりこれがこの地における姨捨伝説。私は「楢山節考《ならやまぶしこう》」的な姨捨物語を想像していたのですが、この地に残る伝説は、お年寄りの知恵に気付いた若い世代が老人福祉に目覚める、というストーリーだったのです。

深沢七郎の『楢山節考』は、もっと容赦のない姨捨ストーリーです。主人公は、「信州の山々のあいだにある村」に住む、おりん。その村では、人は七十になれば「楢山まいり」に行く、つまり山に捨てられることになっているのです。

六十九歳のおりんは、ずいぶん前から、楢山まいりの心構えを決めています。楢山まいりの前に村人に供するごちそうやお酒の準備も、既に済ませている。また、おりんは老齢ながら歯が一本も抜けずにきれいに揃っているのですが、それは「いかにも食うことには退けをとらないようであり、何んでも食べられるというように思われるので、食料の乏しいこの村では恥ずかしいこと」なので、「楢山まいりに行くまでには、この歯だけはなんとかして欠けてくれなければ困る」と、石をもって自分で歯を叩き折ったのです。

おりんの村で老人が捨てられるのは、殿様の命令ではなく、食料不足のせいなのでした。物語の中でも、「曾孫を見るほど長生きするのは恥ずかしいこと」とされたり、晩婚が奨励されたりと、人口を増やさないための努力がなされているのであり、姨捨もその一環。

心ある人は、その風習に当然、反発します。おりんの息子・辰平夫婦も、おりんの楢山行きには積極的でなく、いよいよ時期を決めなくてはならない時に涙を見せると、当のおりんは、

「困ったものだ、そんな気の弱いことじゃァ、辰平の奴も、まっと、しっかりしてくれなきゃア、気の弱い奴等ばかりで困ったものだ」

と、一人で異常に気丈なのでした。

そしておりんはとうとう、辰平に背負われて、うんと遠い楢山へと行きます。到着する

と、あちらにもこちらにも死体。死人に対する深沢七郎の容赦ない筆致は、ふとタランティーノを思わせたりもするわけですが、そんな場所でもおりんは平然としており、辰平の背を「早く帰れ」とばかりに、どんと押すのでした。

深沢七郎が姨捨伝説をベースにして書いたこの物語は、日本の母親の底知れぬ強さを、描いています。おりんは、「死を前にしてジタバタしたら恥ずかしい」というほとんど武士のような覚悟を持ちつつも、子や孫への愛がベースにある分、むしろ切腹を前にした武士よりも腹が据わっています。

この小説の中には、楢山まいりに行くのになかなか踏ん切りがつかないおじいさんが出てきます。爺捨という行為もあったのか、と思うのですが、おりんのように腹をくくっていないのが、いかにも男。かつて『楢山節考』が映画化された時、おりん役の坂本スミ子さんが、役づくりのために本当に歯を抜いたそうですが、そんな話をも含め、「イザという時の女の胆力」のようなものを感じさせる物語なのでした。

姨捨伝説は、信州のみならず日本の各地に残っているようです。息子に背負われて山に行く途中、ところどころに目印をつけて、帰りに息子が迷わないようにした……など、やはり母の深い愛を思わせるものが多い。その伝説は、古くは『今昔物語』『大和物語』の時代からある模様です。

『今昔物語』には、「信濃の国の夷母棄山の語」として、姨捨の物語が出てきます。それは、信濃の更科に住む夫婦のお話。その夫婦は年老いた叔母をひきとって親のように養っていたのが、性悪妻がその叔母を嫌い、「山奥に捨ててきてよ！」と夫に言うのでした。

いったんは断ったものの、あまりに妻からヤイヤイ言われるので、夫は仕方なく「お寺の見物に行きましょう」と叔母を背負って高い山に登り、そこに置き去りにしてしまいました。

しかし彼は、村に帰ってきたものの、悲しくて眠ることもできません。叔母を捨てた山から月が照れば、

「わがこころなぐさめかねてさらしなや
　　をばすて山にてるつきを見て」

と、しんみり歌を詠む。あまりの心苦しさに、彼は再びその山へ行き、叔母を連れて戻り、元のように養ったのでした。以降、その山は夷母棄山と呼ばれましたとさ……というお話なのです。

『今昔物語』において、捨てられるおばあさんは、母ではなく叔母です。食料不足のための口減らしでもなく、単に鬼嫁が「あなたの叔母さん、姑ヅラしてウザいから捨ててきてー」と夫に命令する、というもの。

姨捨の物語において、おばあさんを捨てにいく男は、いつもこのようにおろおろと腹が据わらぬものなのでした。再び叔母さんを拾ってきたはいいものの、戻ってきてからの嫁との仲が、他人事《ひとごと》かつ昔の事ながら、心配になってくるものです。

日本において、おばあさんを山に捨てるということが実際に行なわれていたかどうかは、はっきりしないようです。柳田国男の『遠野物語』には、

「山口、飯豊、附馬牛の字荒川東禅寺及び火渡、青笹の字中沢並びに土淵村の字土淵に、ともにダンノハナという地名あり。その近傍にこれと相対して必ず蓮台野という地あり。昔は六十を超えたる老人はすべてこの蓮台野へ追ひやるの習ひありき。老人はいたづらに死んでしまふこともならぬゆえに、日中は里へ下り農作して口を糊したり」

という記述があります。捨てるといっても、『楢山節考』のようにポイと遠くに捨ててくるというほとんど殺人まがいの行為ではなく、別の地域に老人達を住まわせ、自活のために老人が里で働くことは妨げなかった、ということなのです。

おそらく各地の状況も、このような感じだったのかもしれません。同じ口減らし行為でも、赤子の間引きは珍しくなかったわけですが、老人を捨てる、つまり殺すとなると、より罪の意識は深いもの。捨てるまでのことはしなかったのではないかと思うのです。

ではなぜ、刺激的な姨捨の物語が色々と残っているかといえば、たとえ「遠野物語」的

な別居だとしても、やはり「老人を追いやる」という行為が、捨てる側には強い罪悪感をもたらし、かつセンチメンタルな別れにつながったからでしょう。もしも本当に老人を捨てる場合、昔の日本であればより生産力が低く、かつ長生きの女から捨てたでしょうし、また女を捨てる方が男を捨てるよりも陰惨度は高まるが故に、「爺捨」ではなく「姨捨」の方が物語として定着したのではないか。

能にも、「姨捨」という演目があるのです。信濃の国・更科にやってきた、旅人。月を待っている旅人が、昔姨捨があったという場所を里の女に尋ねると、「わが心慰めかねつ更科や　姨捨山に照る月を見て」と詠んだ人の跡ならこの木陰だ、と教えます。

すると女は、自分はかつて捨てられた老女であり、仲秋の名月の度に、心の闇を晴らそうと現れるのだと言って、姿を消します。

女が老女の亡霊であったことを知った旅人がそこに留まると、やがて月が上がります。そこに再び老女が現れ、月の下で、昔をしのびつつ舞い始めるのです。夜が明けると、旅人の目には老女が見えなくなっていました。旅人が旅立つと、老女はまた一人、その場に残されてしまう……。

「わが心……」の歌を見れば、この物語が『今昔物語』『大和物語』をベースにしていることがわかります。そしてなぜこのような能ができたかといえば、やはり「老女を捨てる」という伝説に、人々が深い衝撃を受けたからでしょう。『今昔物語』における捨てられた叔母さんは、再び村に戻ることができましたが、能において老女は捨てられて亡くなった模様。老女の心に思いを馳せれば、明らかに彼女はこの世に未練を残しているであろうことが想像できる。『楢山節考』のおりんのように、いさぎよく死ぬことは困難であるからこそ、老女の悲しみと未練とは、能の題材となったのです。

姨捨伝説の衝撃と影響は、今に生きる私達にも残っているものと思われます。悪質老人ホームの実態があばかれたり、お年寄りが孤独死したりすると、「現代の姨捨物語」とか「棄老」といった言われ方がされるのは、やはり姨捨伝説があるからこそ。

しかし、「姨捨」と言われたくないがために、嫌々ながら介護をする人も、少なくありません。嫌がられながら自宅で家族と共に住むよりも、自由に一人で住んだり、施設で暮らす方が幸せなケースもあるだろうに、と私などは思うのですが。

『遠野物語』に記されている蓮台野の生活というのも、実は悪くはなかったのではないかという気がするのです。老人同士、農作業しながら、気ままに暮らすのは、若者に気兼ねしないで済む分、意外と楽しかったのではないでしょうか。

これからのおばあさんは、若者から捨てられる前に、おそらく自分なりの「蓮台野」を、自身の力で作り出したり、見つけたりしていくのだと思います。おばあさんが若者と離れて暮らしても「姨捨」と言われず、それが新たな出発として捉えられるようになった時、日本にも新しい高齢化社会がやってくるような気がするのでした。

いじわるばあさん

子供の頃、親が購入してくれたマンガは、長谷川町子さんの作品だけでした。昔も今も、『サザエさん』は安心して家族で楽しむことができるマンガなのです。

長谷川町子さんは、しかし『サザエさん』だけの人ではありません。サザエさんにまさるとも劣らぬ人気をもつ作品もあって、それが『いじわるばあさん』。常に意地悪を身近なものとして人生を歩んできた私としても、子供時代からいじわるばあさんが大好きでありました。

いじわるばあさんは、昭和四十一年から五年間、「サンデー毎日」に連載された作品です。それは長谷川町子さんの、四十代半ばから五十代に入った頃にかけての時期。自伝的エッセイマンガ『サザエさんうちあけ話』によると、「いじわるじいさん」という外国マンガを読んだ町子さんが、「主人公はおばあさんのほうが、グッと迫力あるのになァ」「老人ホームで、つかみ合いのケンカをするのは、きまっておバアさんという話です」「感じょう的で、生命力があります」と思われたのが、いじわるばあさん誕生のきっかけです。

当時、長谷川町子さんは既に「サザエさん」を七千回以上も描いておられました。サンデー毎日にも、善良な下宿屋夫妻が舞台の「エプロンおばさん」を連載中。両方とも子供にも無害なホームマンガであり、「ヒューマニズムにあきていた」ところに、単発で「いじわるばあさん」を描いたところが大好評。連載が開始されることとなったのです。

おばあさんと意地悪との組合せは、町子さんが思われたように、最高のマリアージュとなりました。優しく慈悲深いイメージがあるおばあさんが、えげつない意地悪をする。それは一見意外でありつつも、次第に読者は女の生々しさと強靭さを思い知り、痛快な気持ちになっていくのです。

いじわるばあさんの意地悪は、バラエティ豊かです。同居している嫁をいじめるのはもちろんのこと、実の息子にも容赦はしない。ご近所さん、商店の人、通りすがりの人……と、意地悪の対象は全方位的。

ここで少し、いじわるばあさんのプロフィールをご紹介しておきましょう。ばあさんの名字は、何と「伊知割」（墓石に書いてあった）。名前は「お石さん」というようです。明治の生まれで、普段は着物姿に髪はおダンゴ。子供時代、同居していた私の祖母も、着物におダンゴという姿でした（意地悪ではなかったが）。明治生まれのおばあさんがまだたくさんいた昭和時代、あのスタイルは典型的なおばあさんファッションだったのです。

ばあさんの夫は既に亡く、息子が四人。普段は長男一家と同居しているのですが、意地悪が過ぎるために、開業医の次男、マンガ家の三男の家に預けられたりもしています。時には、長男・次男・三男ともに、ばあさんのあまりの意地悪さに同居を嫌がった結果、長男からさんざお酒を飲まされた末、行李に入れられて老人ホームの前に捨てられていたこともありました。

ばあさんのきょうだいとしては、妹がいる模様。独身の妹は学校の事務長をしていて、受験の合格者発表の時、掲示板を見て喜ぶ受験生に対して、

「ことしは不合格者をはりだしてあるんざんス」

と言ったりする、やはり意地悪な一族の血筋を引く者なのでした。

いじわるばあさんは、亡き夫にも意地悪をしています。お彼岸には、亡夫の嫌いなものばかり仏壇に並べる。霊媒に頼んで夫の霊を呼び出すと、浮気の事実が書いてある古い日記を見つけたからといって、霊媒に殴りかかる。そんなですから、亡夫はばあさんを怖れるあまり、お盆が来ても娑婆に戻らず、閻魔大王と将棋などさしているのです。

いじわるばあさんの意地悪はバラエティに富んでいるのですが、傾向として見られるの

は、権威をおちょくる態度でしょう。医者や警察、お金持ちなどを馬鹿にして、ニヤリとするのが好きなのです。たとえば医師達が集う学会が行なわれているホテルで、「カンゴ婦との仲がバレて、カッカときた奥さまが家出なさったそうです。身におぼえのある方は自宅におデンワを」

とボーイに言わせると、そこにいる医師全員がいなくなってしまったりする。

幸せな人達に対しても、ばあさんは意地悪です。特に、アツアツのカップルに対してはよく意地悪をしていて、たとえば新婚旅行へと出掛ける二人を列車の座席まで案内してあげるのですが、新郎の座席のうしろには「童貞」、新婦には「非処女」とはり紙をしておいたりするのでした。

葬式や結婚式といった、真面目な場をぶちこわすのも、大好き。これから葬儀に出席する息子に、笑い茸を食べさせたりしているのですから。

ばあさんは、強きをくじくばかりではありません。物乞いをしている人がいると、

「張込み中の刑事さんよ」

とご近所に触れ回り、誰もお金をめぐむ人がいなくなってしまったり。はたまた、「ナミアミダブツ」と唱えつつ自殺しようとしている人に「ちょいとまって！」とばあさんが走り寄るので自殺を止めるのかと思いきや、

「ナミアミダブツじゃなくてナムアミダブツですよ！」

「どうもちかごろ日本語がみだれてなげかわしいワイ」

と、立ち去るのです。

今読んでも「クックック！」と笑える、意地悪の数々。これらは、「ヒューマニズムにあきていた」からこその作品であるわけですが、作者も自分の中に意地悪の種があるのを、自覚しています。時には「意地悪作者」となって、ばあさんに対して意地悪をしてみたりするのです。

長谷川町子さんにとって、見事な意地悪を生み出す源泉となっているのは、女子校的環境だったのではと私は思います。町子さんは、子供の頃は友達をモノサシで殴ったり、友達のお習字に墨を塗ったり、友達を物置に閉じこめたりと、相当なお転婆だったそうなので、素地はたっぷりお持ち。さらには、単に女子校に学んでいたというだけでなく、長谷川家は父上を早くに亡くしたため、母一人と娘三人という、女ばかりの家族だったのです。夕食のあとに、家族で卓袱台《ちゃぶだい》を囲みつつ様々な話題について語り合ったものだと『サザエさんうちあけ話』には書いてありますが、

「豆、食い食い人の悪口言うを、荻生徂徠センセイも娯楽の一つにかぞえています」

ともあるように、意地悪な話題にもしばしばなったと思われる。

女だけの環境で醸成される意地悪さというのは、異性の視線を意識しない分、極限までエッジが立っています。しかし「意地悪とは、嗜好品。だからこそ、それは仲間うちだけの話」という意識も意地悪慣れした人にはあるので、仲間ではない人、つまり異性や意地悪感覚が合わない人が一緒にいる時は、「意地悪って何ですか？」という顔もできる。

長谷川町子さんの意地悪の才能は、おばあさんというキャラクターを得ることによって、花開きました。意地悪心をおし殺して生きてきた人達は、ばあさんのやりたい放題の活躍に、どれほど溜飲が下がったことでしょう。ばあさんは、他人の幸福や権威を、平気な顔でぶちこわしてくれるのですから。

しかしよく読めば、それは単に意地悪なだけの話ではないのです。ばあさんを時折襲うのは、孤独の影。たとえば、家の郵便受けをとりはずしてしまう、ばあさん。雨なので、配達された郵便物は地面に落ちてびしょびしょに。それを眺めながら、

「どうせあたしにゃどこからもこないんだ……」

と、寂しそうな顔をしているのです。

また、子や孫に愛される近所のおばあさんを見て、「人から愛される老人になりたいのですがどうしたらいいでしょうか？」と、ばあさんは身の上相談に投書したりもしています（ちなみに回答は、『『サンデー毎日』のいじわるばあさんのような事をぜったいしない

ことです」というもの）。

次男の家から長男の家に戻った時は、長男一家が皆、仏頂面をしているのを見て「まけてたまるか、気丈な女だ！　あたしゃ」と一人つぶやいているのですが、飼い犬だけが（この犬もまた、意地悪犬）嬉しそうに尾を振るのを見て、

「やさしいことをしてくれるな、こらえた涙がドッと出る」

と、「ウェーン」と泣いてしまうのです。

このようにばあさんは、やりたい放題しているからこその孤独も、実感しているのでした。泣いているばあさんを見ると、普段が意気軒昂なだけに心配も募るのですが、次の頁からは元気に意地悪をしているのがまた、頼もしい。

ばあさんは、意地悪だからこそではなく、老人であるからこその孤独も、見ています。

敬老の日の会に出席した、ばあさん。立派な中年男性が舞台上で、

「おとしよりほど大切なものはございません！」

と言うと、

「あの人のおっかさんは泣きながら死んだもんだ」

と、ばあさん。お弁当を食べれば、

「よっぽどねぎったね、このオリヅメのまずいこと！」

と。踊りが披露されれば、

「けっきょくてめえが出ておどりたいのサ」

と下を向き、最後のコマでは、

「敬老の日なんて若いものの自己まんぞくだヨ」

と、一人楊子をくわえて、夜道を歩いていくのでした。

このマンガが描かれたのは、敬老の日が国民の祝日になってほどなくのこと。町子さんは、制度としてお年寄りを大切にするということの偽善っぽさを感じていたのであり、その感覚をいじわるばあさんに語らせたのだと思います。

このような一篇を読むと、私は今でこそ「いじわるばあさん」は必要なマンガなのではないかと思うのでした。マンガ文化は隆盛なれど、お年寄りが主人公のマンガというのはほとんど無い。そんな中で「いじわるばあさん」は、おばあさんというアジール感あふれる立場を生かした、先見の明あるマンガであったと思うのです。

いじわるばあさんは、自分の欲求に忠実に生きています。良い意地は張っているし、お金大好きで、ケチ。時にはピンク映画を見にいくような欲求もお持ちの上、ボーイフレンドも欲しいし、嫉妬もする。

他人に迷惑をかけないおばあさん、嫌われないおばあさん、かわいいおばあさんばかりが目指される今の世において、いじわるばあさんこと伊知割石の生き方は、堂々としています。堂々としすぎるからこそ時には孤独にさいなまれるわけですが、それでも彼女は、自分の信念を変えず、意地悪をし続ける。その姿の、何と潔いことか。

自分の性質を考えても、「かわいいおばあさん」になるのはとても無理、と今から思う私。自分の目指すべき道はいじわるばあさんであるなと、「いじわるばあさん」全六巻を、読み返してはニヤニヤ笑う日々なのです。

やめないおばあさん

二〇一〇年二月、

「『放浪記』、公演中止」

との報を聞いた時、「とうとうこの時が来たか」と思ったのは、私だけではなかったことでしょう。

二〇〇九年、「放浪記」の公演がいよいよ二千回を迎えるという時は、「ああ、きっと森光子さんは、二千回を機に、『放浪記』の公演をおやめになるのかもしれないな」と思ったもの。「となると、もう『放浪記』は見られなくなってしまうかも？」と、あわてて私は帝劇に観に行ったのです。森さんは、八十八歳とは思えない演技をされており、最後の場面は鬼気迫るほどだった。

その時、「来年も『放浪記』をやるらしい」という話を聞いて、正直言って「本当に？」

と、びっくりしたのです。「放浪記」は、四時間超の舞台。それを八十九歳の女性が毎日こなすというのは、いくら何でも無理があるのではないか……、と。

さらに驚いたのは、二〇一〇年のお正月に森光子さんは、「新春　人生革命」と題された公演を、タッキーこと滝沢秀明さんと共に敢行。私も「見ておかねば」と、かけつけました。

この「新春　人生革命」は、森光子さんの自伝を元に、ジャニー喜多川さんが作・構成・演出した舞台なのですが、行く前に私は、少なからず不安を抱いていました。「会場は若いタッキーファンばかりで、私などは浮いてしまうのではないか？」と。

しかし帝劇に行ってみると、意外に性別・年齢層ともに、幅広い客層なのです。タッキーも気が付けばアラサー。ファン層が多岐にわたっているとも言えますが、森光子さんを見るために来ている私のような人も、相当多いようなのでした。

舞台は、いきなり森さんの宙乗りから始まりました。ゴンドラに乗った森さんが、客席の上まで動いてくるのです。「宙乗りをするアラナイ（アラウンド・ナインティ、です）って……！」と、びっくりする客席。

しかし森さんは、前年の「放浪記」の時よりも、明らかに衰えておられる印象でした。台詞は、録音されたものが流れてくるのに合わせて森さんが口を動かすという、いわゆる口パク状態。森さん自身の動きはあまり無く、動くというよりは「運ばれていく」という感じ。森さんが立っている周囲を、タッキーはじめジャニーズの男の子達が動きまわることによって、舞台に躍動感を与えているのでした。

台詞が口パク、という姿を見て、私はショックを受けました。しかし反対に、そんな状況であるにもかかわらず、毎日舞台に立つ森さんの根性に、感銘を受けもしたのです。

引き際が潔いことをよしとする傾向を、我々日本人は持っています。若い貴花田に敗れて引退を決意する千代の富士、みたいな話は美談とされるもの。また、

「自分が歌う浄瑠璃の音が少し下がり、隣の三味線がそれに合わせたことを理解した瞬間、引退を決意した」

という、とある文楽太夫さんの話を聞いたことがありますが、その手の引退の仕方も、「まだまだできるのに、何と自分に厳しいことか」と、称賛されるのです。

しかし、「やめない」ということにもまた、勇気が必要なのではないでしょうか。やめてしまえばすぐに楽になれるのに、地道な努力を日々積み重ね、時には恥をかきつつも、どんな形であろうと続けていく。その姿は、簡単に何かをやめることなど許されない普通の人達を、励ますのではないかと思うのです。

森さんも、「やめない」人です。「放浪記」名物のでんぐり返しが行なわれなくなったり、

台詞が口パクになったり……と、年をとることによって限界があらわれても、臆せずに舞台に立ち続ける。森光子さんの舞台が人気なのは、そんな「やめない」姿を是非見ておきたい、という人が多いからでしょう。

森光子さんは、一九二〇年、大正九年に、京都の木屋町で生まれています。父は、大阪の会社の跡取り息子で、たまに京都に通ってくる身。その父は、芸妓出身で割烹旅館を営んでいた母とは籍を入れておらず、つまり森さんは非嫡出子という立場だったのです。

尋常小学校を出た後は、京都で一番の女学校だった、府立第一高女に入学しましたが、間もなく母・父と相次いで亡くしてしまいます。嵐寛寿郎が従兄《いとこ》だったこともあり、女学校をやめて女優の道へ。この時が十五歳ですから、今に至るまで、七十年を超える女優キャリアをお持ちということになります。

森さんが二十代の頃には、日本は戦争に突入しました。女優として最も輝く季節に戦争が重なってしまったのです。歌も得意だった森さんは、歌手として日本兵を慰問するため、満州やシンガポールなどを訪れています。やがて、終戦。日系の米兵と婚約するも、一週間で彼はハワイへ行ってしまい、以降音沙汰無し。三十代を前にして結核であることがわかり、サナトリウムでの治療が二年ほど続きます。

……と、こうしてみると、若い時代に何とつらいことを多く経験しているかたなのか、と思えてくるのです。両親を早くに亡くし、女優として花が開きそうになったら、戦争。戦後の貧しい時代に結婚に破れ、そうかと思えば病に倒れ、ふと気が付けば三十歳。……となったら、人生を投げてしまってもおかしくはない。

しかし結核が回復した後、森さんはテレビ放送が始まったばかりの芸能界に復帰します。この時代、エノケンこと榎本健一や中田ダイマル・ラケットといった喜劇人と共に仕事をすることによって、森さんの演技は鍛え上げられたということです。

転機となったのは三十八歳、舞台出演中に、菊田一夫の目にとまったこと。そして四十一歳の時、菊田一夫作・演出、森光子主演「放浪記」は、始まったのです。

女優人生の中で森光子さんが主役を演じたのは、この時が初めて。

「あいつよりうまいはずだがなぜ売れぬ」

という森さんの川柳は有名ですが、まさにこの心境をもって、四十一歳まで女優を続けてこられたのでしょう。

「放浪記」は評判となり、この年の芸術祭文部大臣賞等を受賞します。ロングランは、こうしてスタートしたのです。

私生活においては三十九歳の時にテレビディレクターの男性と結婚。しかし四十三歳で離婚しています。この時、菊田一夫は森さんに、

「女優の仕事と結婚は両立するわけないよ。絶対しない。だから、いいんだよ」

と言ったのだそうですが、人生初の主役の話が結婚直後に舞い込むというのも、女優として生きる運命を持つ人、という感じがするものです。

昨今の女優さんは、仕事と家庭を器用に両立しています。夢を売る芸能人であっても、私生活も充実していないと素敵ではない、という風潮が強まってきたのです。

しかし森さんの時代は、そうではありませんでした。女性が仕事を、それも女優という特殊な仕事をとことん追求していくためには、何かを捨てることが必要だったのです。そして森さんは女優の道を選び、そこからどんどん活躍していきます。若い頃は「なぜ売れぬ」だったのが、中年期から花が咲きました。

森さんの若い頃の写真を見ると、清楚な美人ではあるのですが、パッと華やかなタイプではありません。菊田一夫も、

「君の芝居はとても面白いが、やっぱりワキ（脇役）だな。越路吹雪のようにグラマーでもないし、宮城まり子のような個性もないからね」

と当初は言っていたそう。

が、その地味さこそが、息長く活躍を続けられる秘訣だった気もするのです。大輪の薔薇のような美女というのは、一瞬は目を奪われるものの、飽きがくるのが早いし、老化も

早いもの。対して森光子さんは、毎日一輪ざしにあっても飽きのこない、白菊のような存在感なのです。

しかし、ただ「地味」というだけでは、売れ続けることはできないでしょう。女優としての才能や人から愛される性格がなければ、人気は維持できない。さらには、九十歳まで続けていくということにあたっては、心身共に好調をキープし続けるための厳しい自己管理が必要になるのです。

少し前、テレビのインタビューにおいて、どうしてそんなに長く舞台を続けているのか、という質問に対し、森さんは、

「未練です」

とお答えになっていました。

私はこの答えを聞いて、森さんの正直さに胸を打たれたのです。それは、「現役」ということに対する未練なのか、より良い演技に対する未練なのかは、わかりません。が、格好の悪いところは見せないようにする女優さんが多い中で、大御所が自分の中の「未練」という感情を明らかにするその姿勢は、むしろ清々《すがすが》しいものだった。ジャニーズの男の子達と無邪気に仲良くする様子を見ても、森さんの格好つけない素直な性格が見て取れるものです。

原節子やグレタ・ガルボなどは、若い時だけ女優として活躍し、サッと引退した後は、世間から身を隠して生活したわけです。それは、変わりゆく自分の姿を世間に晒《さら》したくないという気持ちからなのでしょう。

対して森さんは、隠れません。「なぜ売れぬ」の時代があったからこそ、舞台に立つことができるうちは立ち続けたいという気持ちをお持ちなのかもしれませんが、その隠れることなく「晒す」姿勢が、老いてなお生き続けなくてはならない普通の人々にとっては、励みとなるのです。「森光子も、年とったわねぇ」と言うことによって、普通の人々はどれほど安心できることか。

「放浪記」や「人生革命」の舞台で、森さんはどこか神がかって見えました。観客も、観劇気分というよりは参拝気分で劇場にやってきている感じ。つまり森さんは、今や普通の女優ではなく、神さびた「ありがたい存在」になっているのです。

劇場の売店では、森光子の名前が入った森グッズが、色々と売られていました。それは、神社で売られているお札やお守りのような感覚なのであり、私もつい、全く自分の趣味ではないデザインなのだけれど、「森光子」と刺繡《ししゅう》してあるレースのひらひらがついたタオルハンカチを購入。このハンカチを持っているだけで、元気で長生きできる気になるではありませんか。

色々な意味で神の領域の近くにいる女優、森光子。もう一回、「放浪記」の舞台に立ってほしい、立たせてあげたい……と、老若男女の参拝者達は思っているのであり、九十代での奇跡の復活が待たれるところです。

美人だったおばあさん

「美人」という称号は、いったい何歳の人にまで与えられるものなのか、と思うのです。たとえば八十代で顔立ちが美しい女性を見た時に、私達は決して、

「あの人、美人ねぇ」

とは言いません。

「あの人、昔は美人だったでしょうねぇ」

と言うのです。では七十代ではどうなのか、六十代だったら……？　と、美人の年齢的な上限を考えてみると、「美人」が適用される期間は、意外と短いような気がします。

七十代であろうと八十代であろうと、肌も顔立ちもきれいな方はいらっしゃいます。しかしそのきれいさが「美人」という言葉と結びつかない事実は、老化と美とを両立させることがいかに困難であるかを、物語っているのです。

女性のお年寄りの外見を誉める時、私達は「美」という言葉ではなく、「若い」という言葉を使うのでした。

「とてもそのお年には見えません！　何てお若いんでしょう！」

というのが最高の誉め言葉なのであって、「何てお美しいんでしょう！」とは決して言わないのです。

しかしおそらく、かつて美人であったお年寄りは、その言葉に不満を抱いているはずです。

「なぜ私はもう、美人と言われないのか」

と。

女性にとって、美人であるということは大きな栄光となります。が、その栄光が大きすぎるが故に、そして「かつて美人であった」ということは、「今、美人である」ことに比べるとほとんど無価値であるが故に、「美人であった過去を持つ人」は、かえって周囲の人を不安な気持ちにさせるのでした。人々は、かつて美人として良い思いをたくさんしたであろう元美人に復讐するかのように、その不吉さを陰で囁《ささや》き合う。

そもそも美人というのは顔立ちがはっきりしている場合が多いので、老化現象が常人よりも早く、そして激しくやってきがちなものです。かつては美人であっただけに、老化前と老化後の落差も大きく、すさまじかったりもする。……にもかかわらず本人のパーソナリティーは「私は美人」というままなので、周囲としては美人として扱わなければならない。その、外見と内面の非対称性が、見る者に不吉な気持ちをもたらします。

現代においては、外見は老化してしまったのに、美人パーソナリティーだけは保ち続けているというおばあさんは、若者から、

「イターい」

と言われて、話はおしまいになるわけです。が、昔の人は違いました。かつて美人であったおばあさんが醸し出す不吉さ、まがまがしさからドラマ性を抽出したのであって、能の「卒塔婆小町《そとばこまち》」などは、その良い例かと思われます。

高野山の僧が都へと向かう途中、朽ちた卒塔婆に腰を下ろしている老女に出会います。卒塔婆に座るとは何事、と僧は老婆を咎《とが》めますが、逆に老婆は僧を論破してしまうのでした。老婆を見なおした僧が名を訊《たず》ねると、それは何と百歳になろうとする小野小町。

老婆は、若かりし日々の自分の美貌や才能やモテっぷりを懐かしみ、年老いて物乞いとなった今の身の上を嘆くのでした。すると、突然老婆の様子が変わり、狂乱状態に。かつて、小野小町に思いを募らせ、九十九夜も通いながら、百夜目に死んでしまった深草少将の霊が、老いた小町にとりついたのです。

自身の無念さを語った後に去っていった、深草少将の霊。我に返った小町は、仏の道に入りたいと願うのでした。

……と、「卒塔婆小町」とはこんな感じのストーリー。卒塔婆に腰掛ける元美人とは、観阿弥もずいぶん残酷な設定をつくったものです。

小野小町は、能においてしばしばとりあげられる人物なのでした。中でもこの「卒塔婆小町」や「鸚鵡《おうむ》小町」は、老女となった小町が主人公。老いさらばえた元美人というのは、世の無常を伝えるのに最適な存在ということなのでしょう。

私は先日、「卒塔婆小町」の公演を観たのです。といってもお能ではなく、三島由紀夫が、能の演目を近代に置き換えて戯曲化した「近代能楽集」における「卒塔婆小町」を、美輪明宏さんが演じる公演です。

近代能楽集「卒塔婆小町」の幕が開くと、そこには夜の公園のベンチに座る、みすぼらしい老婆の姿が。他のベンチにはカップルが座っていちゃいちゃしているのに、老婆は一人でシケモクの数を数えています。

そこにやってくるのが、詩人の青年。彼はカップル達がベンチで語り合う「愛」を尊敬すると言いますが、老婆はそんな青年の思想を笑いとばすのでした。詩人が老婆の素性を問うと、

「むかし小町といわれた女さ」

「私を美しいと云った男はみんな死んじまった。だから、今じゃ私はこう考える、私を美しいと云う男は、みんなきっと死ぬんだと」

と、老女。

「じゃあ僕は安心だ。九十九歳の君に会ったんだからな」

と詩人が言えば、老女は、

「あんたみたいなとんちきは、どんな美人も年をとると醜女になるとお思いだろう。ふふ、大まちがいだ。美人はいつまでも美人だよ。今の私が醜くみえたら、そりゃあ醜い美人というだけだ。あんまりみんなから別嬪だと言われつけて、もう七八十年《しちはちじゅう》この方、私は自分が美しくない、いや自分が美人のほかのものだと思い直すのが、事面倒になっているのさ」

と言うのでした。そして、

「やれやれ、一度美しかったということは、何という重荷だろう」

と、詩人はつぶやく……。

二人はいつのまにか、老婆が若かった時代の、鹿鳴館の舞踏会にいます。小町に懸想していた深草少将に、「百ぺん通ったら思いを叶えてあげましょう」と言った、その百日目の晩の舞踏会なのです。

皆にその美を称賛される小町と、小町とワルツを踊る、深草になった詩人。小町がたまらなく美しく思えてきて、とうとう、

「小町、君は美しい。世界中でいちばん美しい。一万年たったって、君の美しさは衰えやしない」

と言ってしまった彼の顔には、次第に死相があらわれてくる……。

美輪明宏さんといえば、三島由紀夫の戯曲による「黒蜥蜴《くろとかげ》」の主演等、三島との親交が知られています。「卒塔婆小町」も、生前の三島由紀夫からたっての頼みがあったが故に、演じているのだそう。

プログラムによると、三島からの上演依頼があったのは、昭和四十三年。美輪氏の自叙伝の中にある、「前世で共に火中で死んだ恋人の転生を待ち続ける」という部分を読んで、

「『黒蜥蜴』の次は『卒塔婆小町』だな。君のこの章は正に卒塔婆だよ。おまけに君は絶世の云々と云うキャッチフレーズで世に呼ばわれた実績もあるし、君程この役に相応《ふさわ》しい女優はいまいと思うよ」

と三島は言ったそうです。

前世で……というところを除いても、三島由紀夫が、生物学的には男性である美輪明宏

を卒塔婆小町の主演にと指名した理由も、わかる気がするのです。おそらくこの役は、女性の肉体を持っている本物の女性には、演じきれないものなのではないか。

年をとった美人、三島の戯曲の通りに言うならば「醜い美人」を女が演じてしまうと、おそらくは生々しくなりすぎてしまうのだと思うのです。そもそも能という芸術が男性のみによって演じられていたからということのみならず、この役は男性が演じた方が、美と無常というテーマを純粋にあぶり出すことができるのではないでしょうか。

歌舞伎にせよ能にせよ文楽にせよ、日本の芸術の多くが男性のみによって行なわれてきた理由は、その辺にもあるのではないか、と私は思うのでした。女性の真の恐ろしさを女性自身が演じることによる過剰な生臭みを避けるために、古来、人々は女の役を男に演じさせた部分も、あるような気がするのです。そういえば、最初の『いじわるばあさん』のドラマ化の時、主演が青島幸男だったということも、その辺りの事情と関係があるのではないかと思うのですが。

「卒塔婆小町」によって私達は、美人とは外見が美しいことを言うのではなく、美人としての魂を持ってしまったが最後、決して手放すことができなくなった人のことを言うのかもしれない、と思うのでした。自分のことを美人だと知ってしまった人の精神は、年老いても変わることはない。変わりゆく肉体と不変の精神との間の距離は、どんどん開いていく……。

　今の世の中において、女性達はその距離を狭めるべく、必死の努力をしています。すなわち、様々なトレーニングや化粧品や注射や手術を駆使して、「私は美人である」という意識に、肉体をいつまでも伴わせようとしているのです。私達が八十代になった頃には、四十代とか五十代にしか見えないのに、実は八十代、九十代というおばあさんがごろごろしているかもしれません。

　果たしてそれは素敵なことなのか、と私は思うのでした。たとえば、卒塔婆小町と同じく年齢は九十九歳なのだけれど、外見は四十代にしか見えない、おばあさん。しかし友達や家族、かつて自分に思いを寄せた男達は皆、死んでしまい、一人で公園のベンチに座っている。通りかかった詩人の青年に声をかけられ、

「私を美しいと云った男はみんな死んじまった」

　と答える声だけが、九十九歳のそれだったとしたら、ものすごく恐ろしいことなのではないか。やがて彼女が立ち上がれば、肌はツルツルなのに、足取りはおぼつかなかったりするのです。

　三島の戯曲の中で、詩人の青年は、

「やれやれ、一度美しかったということは、何という重荷だろう」

と言っています。その重荷を背負ったが最後、どれほど腰が曲がろうとも決して手放そうとしない人は、これからますます増えていくに違いありません。

庭系おばあさん

おばあさんには、庭がよく似合います。私が一緒に住んでいた祖母も、家の中での持ち場は、庭でした。落葉を掃き、焚火をし、草むしりをし、植木をいじる。祖母はよく、割った卵の殻を、鉢植えの根元にかぶせていて、

「何してるの？」

と聞くと、

「こうすると肥料になるんですよ」

と言っていましたっけ。今ではそんなことをする人の姿は見なくなりましたが、その手の庭仕事に関する豆知識を、祖母はたくさん持っていたものと思われます。

おばあさんというのは、何かを育てることが好きなのだと思うのです。子育てが終った後、育てる対象は草花に移行。庭いじりや畑仕事によって、おばあさん達は「生命をつな

げていく」という贅沢な娯楽に没頭するのではないか。

そんな庭系おばあさん界の一大スターが、ターシャ・テューダーということになりましょう。二〇〇八年に九十二歳で亡くなったターシャ・テューダーは、本業は絵本作家でありつつも、バーモント州の田舎で、古い農家を改築してナチュラルライフを送っていた人。絵本はもとより、彼女のライフスタイルそのものが大人気。特に彼女の庭は有名であり、「ターシャの庭」など、ガーデニング本も発売されているのです。

ターシャを神のように崇める人達向けに、『ターシャ・テューダーの言葉』という本のシリーズが出ているのですが、その中には、

「わたしは、庭が好きで好きでたまりません。どうしようもないくらい。庭の世話をしているだけで満足です」

「庭はわたしの自慢なの！　謙遜なんてしないわ。うちの庭は地上の楽園よ！」

といった庭自慢の言葉も見ることができます。

ターシャはアメリカ人ですので、「おばあさんと庭」と言った時に私達がイメージするような、松とか竹とか蹲《つくばい》とかししおどしとか、その手のものは彼女の庭にはありません。彼女がつくっていたのは、三十万坪の敷地に季節の花々が咲き乱れ、ハーブガーデン、野菜畑、ヤギの放牧場までもがあるという庭。それだけではなく、カヌーをこぐことができ

るような池や森も、敷地内にはあるのです。

彼女は、一八三〇年代のライフスタイルをその家において実践しており、着ている服もアンティークもしくはそれ風のもの。犬や猫や鶏を飼い、庭でとれた果物でタルトを焼き、庭でとれた野菜で料理をするのです。

手作りするのは、料理ばかりではありません。自分で染めた糸で織物を織り、ろうそくや石けんも手作りという、徹底したナチュラルライフを送っていました。

「何から何まで手作り」という生活をしている人というと、時にコミューンっぽかったり、時に修行っぽかったりと、他者を寄せ付けない雰囲気が漂うことが多いものです。無農薬とか手作りにこだわるあまり、「もう少し栄養をつけた方がいいんじゃないですか？」と言いたくなるような人もいる。

ターシャ・テューダーの生活がその手のものと違うのは、まずは非常にセンスが良いこと、そして貧乏臭くないことでしょう。ターシャは、アメリカで最も人気がある絵本作家の一人ということで、経済的な基盤を持った上で、趣味として庭づくりをしている。彼女はそのことを自覚しているのであり、

「世間の人はバラ色のレンズを通してわたしを見ています。わたしは商業美術家です。これまでさし絵を描いてきたのは、食べていくため、そしてもっと球根を買うためです！」

と言っています。夫と離婚して女手一つで四人の子供を育てた彼女は、経済的に苦労したこともあったものの、だからこそお金の必要性と、「商業美術家」としての意識を強く持っている。彼女の生活が、素朴なのに貧乏臭くないのは、そのせいです。

彼女は、頭に巻いている布一つでも、庭のりんごをしぼったアップルジュースを入れる罎《びん》一つでも、いちいちとてもセンスの良いものを使用しているのでした。アンティークのドレスも家具も食器も、どれもとても可愛い。

彼女は日本でも大人気のおばあさんであるわけですが、日本女性が彼女に憧れるのは、だからこそなのでしょう。日本では、キルト作りだの刺繡だのが好きな手作り層、雑誌「オリーブ」をかつて愛読していた元オリーブ少女層、「赤毛のアン」のファン層、農業好きのオーガニック層といったところが、ターシャのナチュラルライフに憧れています。そのファン層の幅広さは、ターシャの生活が、ダサくないし不潔でもなく、他者を拒む様子もないからなのでしょう。そして日本のファン達がターシャの本を買うことによって発生した利益は、ターシャの球根をますます増やしていったわけです。

もう一つ重要なことは、ターシャ・テューダーの素敵な生活にスポットライトが当たったのは、彼女が既におばあさんになってからだった、ということです。一九一五年生まれのターシャが描いた絵本が初めて出版されたのは、二十三歳の時。三十歳の時から田舎暮らしを始めているのですが、彼女自身のライフスタイルを紹介した『ターシャ・テューダーの世界』が発表されたのは、一九九二年、すなわち彼女が七十七歳の時のこと。

季節の花々が咲く緑の庭で、犬や猫やヤギとたわむれながら庭仕事をする痩《や》せっぽちのおばあさんという絵柄は、アメリカ人のみならず、我々の「おばあさんを求める心」をくすぐりました。草花を上手に育てる「緑の手」を持ち、動物を愛し、料理上手なターシャは、いかにも優しそうではありませんか。

これが、ムチムチの若い娘であったり、シワができはじめの生々しい中年女であったら、これほどの人気にはならなかったと思うのです。ターシャは既に、シワシワ。じゅうぶんに枯れていたからこそ、読者は安心してターシャを愛することができました。ターシャのライフスタイル本には、庭を裸足で歩くターシャ、花を摘むターシャ、ヤギの乳をしぼるターシャ……と、ターシャの写真が目白押しなわけであり、こんなにおばあさんばかり写っている写真集というのも、珍しいと思われる。

ターシャ・テューダーの生活を見ていると、私はもう一人のおばあさんを思い出すのであって、それは白洲正子なのです。白洲正子といえば、名随筆家であり、骨董などの希代の目利き、そして白洲次郎の妻としても知られる人。

彼女は、ターシャ・テューダーのような手作りナチュラルライフを送っていたわけではありません。むしろ、料理は不得意だったらしい。しかし白洲正子は、「ライフスタイルの全てが若者達から称賛される、おばあさんスター」であるという部分で、ターシャと似ているのです。

白洲正子が次郎とともに住んでいたのが、町田市鶴川の「武相荘」であるということは、よく知られています。白洲夫妻がこの地の茅ぶき屋根の農家を買って移り住んだのは、一九四三年、正子三十三歳の時。戦時の疎開という意味とともに、次郎がイギリス紳士風の「カントリー・ボーイ」に憧れていたから、という理由もありました。

戦争が終ってからも、彼等はその家に住み続けました。次郎は畑仕事をし、正子はその研《みが》かれた審美眼で選んだ骨董を収集。武相荘もまた竹藪や雑木林といった自然のままの庭に囲まれていたのであり、庭で咲いた花をいけることも、正子の得意とするところだったのです。

すなわち白洲正子の生活も、ターシャ・テューダーと同様に、とてもセンスが良く、素朴でありながらも貧乏臭くないのでした。正子も次郎も、正真正銘のお嬢さん・お坊ちゃんですから、貧乏臭くないのは当たり前でしょうが、正子もまた、随筆を書くという仕事を持つ人。センスの良い田舎暮らしの背景には、経済力が必要なのです。

「白洲正子の素敵な生活」というのもまた、彼女がおばあさんになって以降、大々的にクローズアップされたように思います。若い頃から知的で格好いい人ではあったわけですが、彼女が老年になった時に初めて、「日本にも、こんなに格好いいおばあさんがいたんだ！」と驚いた日本人は多かった。

白洲正子が、すばらしい随筆をたくさん書いただけの人であったら、ここまでの大スターにはならなかったことでしょう。知的である上に並はずれてセンスが良く（夫が格好いいというのも、センスの良さのあらわれの一つだと思う）、その生活が視覚的に見て素敵だったからこそ、彼女は死後もなお衰えることのないカリスマとしての地位を得たのです。実際、白洲正子関係の本にはビジュアルブックが多く、そこにはターシャ並みの頻度で、おばあさん・正子の写真が載っているのでした。

ターシャ・テューダーも白洲正子も、ビジュアルの時代、そして高齢化の時代に求められた、おばあさん界の大スターです。「自分が老いたら、どうなってしまうのだろう」という不安を募らせる人が多い中で、ターシャと正子は、センスの良い素敵な老年ライフスタイルを提示した。「私もあんなおばあさんになりたいものだ」と、若い世代に思わせたのです。

おばあさんスターに欠かせない条件は、やはり緑、庭、花、といった要素のようです。「年をとったら都会に住むのが一番よ。病院だって店だって、何でも近くにあるのだから」という現実的な意見がありますが、都会でスタイリッシュな生活をしているおばあさんよりも、田舎で緑に囲まれている方が、おばあさんは幸せそうに見えるもの。

実際、おばあさんと草花というのは、よくマッチします。若い女性が花の前に立っていると、華やかなもの同士で互いの魅力が相殺されるようですが、枯れたおばあさんと花という組合せは、花の瑞々《みずみず》しさとおばあさんのシワの奥から滲《にじ》む知恵のようなものが、互いに引き立て合う。おばあさんというのはすなわち、野の花をいける骨董の壺のような存在なのです。

そしてターシャ・テューダーと白洲正子を見ていて思うのは、「おばあさんこそ、センスが大事」ということ。おばあさんというと、どんなトンチンカンな服を着ていても、身の回りにかまっていなくても、「まぁ、仕方がないか」と思われがちです。しかしセンスが悪いおばあさんというのは、実は「私も年をとったらあんな風に?」というまがまがしい気持ちを周囲の者に与えがち。おばあさんにこそ、シワをアジに変えるセンスが必要なのではないでしょうか。

おばあさんの人生の中で積み重ねてきたセンスは、若者が逆立ちしてもかなわないものです。若者こそがお洒落な生活の先導者と思われがちな現代において、おばあさんの最も大きな武器となるものは、実は彼女達のセンスなのではないかと思うのでした。

書くおばあさん

祖母・綾子の家に遊びに行った時、瀬戸内寂聴さんの説法のカセットテープがあるのを発見しました。何でも祖母は時折、そのテープを聞いているとのこと。

「あんなふしだらな人、なんて悪口言う人もいるけど、面白いのよ！」

と祖母は言っていた。

そこで私は、改めて寂聴さん人気の高さに感心したのでした。一九二二年生まれの瀬戸内さんは、文壇でも最長老と言っていいお方。しかしお年を召しても仕事量を減らす様子は微塵《みじん》も見えず、むしろ年々、その人気は沸騰しているように思える。

瀬戸内さんが作家であると同時に出家の身であることが、その人気の背景にはあろうかと思います。この世のこともよく知りながら、別の世界からこの世のことを見る視点をお持ちだと思うから、人々は瀬戸内さんの本を読み、人生相談をもちかけるのです。

瀬戸内さんの人生相談本を読むと、相談者は多岐にわたっています。「いじめられている」という高校生から、「夫の死後、日記を読んだら浮気がわかって嫉妬に苦しむ」という八十代まで、瀬戸内さんに気持ちを吐露。

そして私は、「うちのおばあちゃんの気持ちをも、瀬戸内さんは摑《つか》んでいらしたのか！」と、驚いたのでした。祖母は一九一〇年生まれですから、寂聴さんより十二歳ほど年上。既に祖母自身が、〝あちらの世界〟にまだらに行っている状態であるわけですが、そんな超高齢者までも虜にするとは！

しかし、瀬戸内さんに対して「ふしだらな人」と言う人がいるとは、これいかに。……と考えたら、わかりました。今の若い人は、「瀬戸内寂聴」さんしか知らないわけですが、寂聴さんは一九七三年に五十一歳で出家されるまでは、「瀬戸内晴美」さんであったわけです。晴美時代の瀬戸内さんは、結婚後に夫の教え子と恋に堕ち、夫と子供を捨てて出奔したり、不倫の恋に走ったり、はたまた当時としては刺激的な性描写のある小説を書いたりしていたわけで、その時代のことをよく知っている人、特に普通の主婦だったような人にとっては、「ふしだら」な印象があるのでしょう。

今の寂聴人気は、そんな過去があるからこそのもの、と言うことができます。私達はおばあさんを見ると、その誰もが、普通に結婚して子供や孫を育んできた、善良な一市民だと思いがちです。しかし、おばあさん＝普通で善良というのはおそらく間違いで、おばあさんであっても、結婚や子育てをしていない人はたくさんいることでしょう。過去には道ならぬ恋をしたり、他人を傷つけたり強欲だったりした人も、多いはず。そんな過去を、おばあさん達は自分から言わないだけなのです。

そんな中で寂聴さんは、自分の過去をおおっぴらにされています。それは、人生の前半で思い切り色っぽいことをした後、出家されてぴたりとそちらの方はやめてしまわれたという人生。

これがもしも、普通に結婚して子育てをし、「男性は主人しか知りません」的なおばあさん相手であったら、「不倫相手の子を宿してしまったのですが、産むべきでしょうか」とか「愛人と同棲していた夫が家に戻ってきたいと言っていますがどうしたらいいか」といった相談は、非常にしづらいものです。「俗」の世界も常人以上に知りつつも、今は「聖」の世界におられる寂聴さんであるからこそ、我々は安心して悩みを打ち明けることができるのです。

寂聴さんが出家をされた頃に私はまだちびっ子で、出家のニュースがあまり記憶にないのですが、「なぜまた？」ということが世間ではおおいに話題になったそう。作家が今よりもずっと華やかな存在であった時代、大流行女性作家が突然仏門に入るというのですから、世間も騒ぐことでしょう。

実は私は、瀬戸内寂聴さんにお目にかかったことがあります。それは私が『負け犬の遠吠え』という本を出した頃のこと。源氏物語のこと、負け犬のことなどを、対談させていただくという幸運を得たのでした。寂聴さんから、「同時に複数の男との恋愛はしないのか」と聞かれた私は、「バレたら困るだろうなと思うとできない。いっぱい皿回しをしているようで」と答えると寂聴さんは、

「皿回しにくたびれたから私、出家したのよ。初めて言うけど」

と、笑っておっしゃったのでした。興味しんしんの私が、

「で、皿はどうなったので……?」

とお尋ねすると、

「ハハハ、棒の先から落ちた人がいっぱいいるわね」

と、さらに明るくおっしゃった。

こういうところに、私達はしびれるのです。聖性と〝性〟性とを両方持っておられるおばあさんの、何と頼もしいことか。

聖性を持つおばあさんというと、故マザー・テレサが代表格かと思いますが、その手のおばあさんというとすっかり枯れていて、慈愛に溢れ、豊かなバイタリティは世のため人

のためにのみ発揮されているものです。対して寂聴さんは、出家後も個人として貪欲でおられるのがまた、我々にとっては親しみが湧く部分です。

「私は長く書き、多く書いたわりには、文壇では不当な扱いをうけていると、内心むくれかえっていた。みっともないので、つとめて外見はそんなことに気もないふりを装っていたが、いつまでたっても、芸術院会員にしてもらえないことを、実は深く恨んでいたのだ」（『老春も愉し』）

とか、

「それにしてもデュラスといい、画家のオキーフといい、若い男にかしずかれてイイナ、イイナ、コンチクショウ」（『真夜中の独りごと』）

といった言葉を読んでいると、「それでいいんだ！」という気持ちになる。

七十六歳で『源氏物語』の現代語訳を完成させて以降、能や歌舞伎やオペラの台本を書き、小説はもちろんのこと、何と携帯小説までも書き、国内外からさまざまな勲章を授与され……という寂聴さんの活躍ぶりを見ていると、八十代の女性がこんなに活躍できるジャンルが他にあろうか、と思えてきます。そして文章を書くという意味では同じジャンルに身を置いていることが、嬉しくなってくるのでした。

八十代でますます人気の女性作家にもうひとかた、田辺聖子さんがいらっしゃいます。

一九二八年生まれの田辺さんは、瀬戸内さんより六歳年下。田辺さんもまた大流行作家で、若い頃にお書きになった小説を私達が今読んでも、「そうそう、そうなのよ」と膝を打ったり、じーんときたり、ゲラゲラ笑ったりすることができる。今でも復刊が続くのが、よくわかります。

田辺さんの人生は、朝の連続テレビ小説「芋たこなんきん」にもなったのでご存じの方も多いことでしょう。人生がＮＨＫのドラマになるくらいですから、「ふしだら」とまで言われる瀬戸内さんの人生とはだいぶトーンが違います。田辺さんは、いわゆる「ハイミス」生活が長く、三十八歳で、妻に先立たれた医師と結婚。遺された子供達を育てながら、多くの小説を書いてこられたのです。夫である「カモカのおっちゃん」もエッセイの登場人物として有名なのであり、家庭的で勤勉なイメージが強い。

しかし田辺さんの小説を読むと、普通の家庭や普通の会社といった世界を描きながら、私達の心の奥底のドロッとした部分がかき回されるような気分になるのでした。それはおそらく、田辺さんが普通の人々の普通の生活というものを、とことん知っておられるからなのだと思う。

瀬戸内さんと前後して、私は田辺さんにも対談でお目にかかったことがあるのです。生前、

「順子も、田辺聖子さんみたいなものが書けるようになればいいのにねぇ」

とこっそり母に語っていたという父（昔風の真面目なタイプだったので、「瀬戸内さんのようなものが書けるようになればいいのにねぇ」とは言わなかった）が知ったらさぞや喜ぶだろうに、と思いながら関西の田辺さんのご自宅に向かった私の胸は、緊張と興奮で高鳴りました。しかし、可愛いわんちゃんやぬいぐるみ達とともに迎えてくださった田辺さんは、まるでぬいぐるみのような可愛らしさ。皆が憧れる「かわいいおばあさん」とは、田辺さんのような方を言うのだろう、と思います。

が、当然ながら田辺さんは、可愛いだけの人であるはずがないのでした。大人《おとな》、というより大人《たいじん》としての余裕があるからこそ、溢れるユーモアと深い洞察、そして優しさが生まれる。その姿はまさに、「やることをやった人」でした。

瀬戸内さんと田辺さんの対談の中に、

瀬戸内「世の中はどんどん変わっていく。とり残されてばあさんくさくなっていくのは嫌じゃないですか。私はそう思ってるけど、田辺さんも常に前へ前へと歩いてる」

田辺「全然違う発想の人の話を聞いた時に、若い頃は『受け付けない』って感じだったけど、そうじゃなくて、『ああ、そこもあるか』という考え方が身についたのはすごくかわったと思う」

という会話がありました。このやりとりは、お二人の個性をよく表していると思います。「ばあさんくさくなっていくのは嫌」な瀬戸内さんと、「ああ、そこもあるか」の田辺さん。タイプの異なる二人のおばあさんが、今も現役で活躍していらっしゃることが励みになるのは、文章を書く仕事をする女性ばかりではないことでしょう。私は幸運にもお二人とお目にかかった経験を持つわけですが、お話ししている間は、お二人の人間的な魅力に夢中になり、対談が終ったあとは、まるで宗教行事が終った後のように、「ありがたい」という気分が湧き上がってきたのです。

田辺聖子さんは、

「人にかわいがられる、ということは、男・女ともに幸福な徳性だが、かわいがられるだけでは人生の幸せは半分しか味わえない。

自分が他の人をかわいがることができなければいけない」（『死なないで』「女の子の育てかたは」）

と書いておられますが、私はお二人と相対しているだけで、久しぶりに「かわいがられる喜び」を得ることができたのでした。それは、何か大きな存在の掌《てのひら》に乗っている感じ。

瀬戸内さんや田辺さんのお書きになったものを読むと、今も私はその手の感覚を得ることができます。そしていつか、この感覚を年下の人達に感じてもらえるような文章を私も書きたいものよ……と、そんなことを私は「書くおばあさん」から学んだのです。

瀬戸内さん、田辺さんのさらに彼方を眺めれば、連なっているのは万葉集の歌人やら、紫式部やら清少納言やら。……いや本当に、ＯＧの多い業界にいられて有難いものです、はい。

かしずかれるおばあさん

友達が、
「寿命がきていよいよ死ぬという時は、若くて格好いい男性に手を握られながら……って
いうのに憧れるわ〜」
と言っていました。
私はその話を聞いて、とてもびっくりしたのです。私はといえば、おばあさんが若くて
格好いい男（それも孫ではない）に看取られるなどということはあり得ない、と思ってい
たから。
逆のケースはまだ、ありましょう。いつ死んでもおかしくないようなアメリカの大富豪
のおじいさんが、金髪でおっぱいが大きい元プレイメイトみたいな三十代の女性と何回目
かの結婚をした、などというゴシップをたまに見るもの。しかしおじいさんの子供達は、

当然ながら金髪でおっぱいの大きな女性との結婚に大反対。その結婚が財産目当てのものであることは、おじいさん以外の人全てには見え見えだからです。しかしおじいさんは金髪美女に大喜びで、結婚後数カ月で、彼女に手を握られながら昇天したりする。

では、おばあさんではどうなのでしょう。財産をたっぷり持っているおばあさんも存在しますが、女性は長生きなので、財産目当てとはいえ下手に結婚などしてしまうと、「なかなか死なない……」ということになりかねない。さらに女性の場合は、目先の色恋よりも、「財産を子や孫に遺してやりたい」という現実的な願望の方が強いため、下手に結婚などして財産を奪われてなるものか、という意志が働くような気もする。よって、お金持ちのおばあさんが若い男と結婚するニュースよりも、「資産家老女、殺害される」みたいなニュースの方が目立つのかもしれません。

しかし、前回の「書くおばあさん」の回でご紹介した、瀬戸内寂聴先生の、「それにしてもデュラスといい、画家のオキーフといい、若い男にかしずかれてイイナ、イイナ、コンチクショウ」

という言葉を読めば、この世界には、「若い男にかしずかれるおばあさん」も存在するのだ、ということが理解できるのでした。

おばあさんも恋をするということは、今となっては常識です。

「うちのおばあちゃん、デイケアに通うようになったら急にお洒落になって、お化粧までするようになったのよ。どうやら、デイケア仲間のおじいちゃんに恋をしているみたい」

といった話は、多々聞くもの。しかし、お年寄り同士の恋の話は聞いても、若い男と恋愛関係になり、かしずかれるおばあさんの事例は、あまり身近では見聞きしないのです。

そこで今回は、デュラスやオキーフの例を見ることによって、「若い男にかしずかれるおばあさん」の資質とは、ということを考えてみたいと思います。

まずは、ジョージア・オキーフ。花や動物の頭蓋骨の画《え》で知られるアメリカの画家である彼女は、一八八七年に生まれ、一九八六年に、九十八歳で亡くなりました。大学の美術教師であった彼女は、三十歳の頃、天才写真家と言われたアルフレッド・スティーグリッツと出会い、二人は恋愛関係へ。スティーグリッツはオキーフよりも二十三歳年上で既婚でしたが、その後離婚し、二人は一九二四年に結婚するのです。

が、スティーグリッツは一九四六年に死去。彼女は五十九歳にして、未亡人となるのでした。そんなオキーフに「かしずく男」が現れたのは、未亡人生活も二十年を超えた、八十代も半ばにさしかかっていた頃。彼女の家を、近くの教会の集会所で働いていた二十代後半の青年、ホワン・ハミルトンが、「何か手伝うことはないか」と訪ねてきたのです。

次第にオキーフは、身の回りの用事を彼に頼むようになりました。ちょうどオキーフの身体が弱ってきていた頃でもあり、彼はアシスタントであり友達でありマネージャーのような立場になっていくのです。

二人はとても仲がよく、ハミルトンに対してはオキーフがなまめかしさを、オキーフに対してハミルトンは独占欲を見せ、二人は結婚したのだという噂もあったようです。が、結局二人はその噂を否定。ハミルトンは雑誌のインタビューにおいて、

「ぼくが必要なのは、二十三歳のジョージア・オキーフなのです」

と語りました。しかし結婚をしていないにしても、二人の間には、二人にしかわからない特別な紐帯があったことは、間違いないでしょう。

その紐帯を、はっきりと恋愛感情であると認識していたのが、マルグリット・デュラスです。デュラスは、一九一四年に仏領インドシナで生まれたフランス人作家で、一九九六年、八十二歳で没。二回結婚して、一人の息子を産んでいますが、結婚生活中も様々な男性と情事を重ね、結婚生活は二回とも破綻しています。

そんなデュラスの前に『かしずく男』が登場したのは、一九七五年。デュラスの映画を上映している映画館にデュラス本人が来るということを聞き、二十三歳のファンの青年が、やってきたのです。時にデュラス、六十一歳。青年は本にサインをしてもらい、「手紙を書きたい」と言って、デュラスからアドレスを貰います。

彼はひたすら、手紙を書きました。時には、日に何通も。返事は一通も来ないまま、五年が経った頃、デュラスから突然、青年に自著が送られてくるのです。その後は文通が始まり、一九八〇年の夏、彼はデュラスに電話をし、彼女を訪ねるのでした。結果的に言えば、その日から十六年、デュラスが亡くなる日まで、彼は彼女のところに居つくことになるのです。

「ヤン・アンドレア」とデュラスによって名付けられたその男性が、彼女の死後に書いた『デュラス、あなたは僕を（本当に）愛していたのですか。』という本を読んで、私はデュラスと青年の間の愛を知りました。この本を読んでいると、デュラスよりも三十八歳年下のヤンが、デュラスの死によっていかに打ちのめされたかが、わかります。彼が生前のデュラスから書くようにと言われて書いた本ではありますが、死から三年経っても、彼の感情は大きく揺れている。それは、お母さんのような人とかお祖母さんのような人を失ったことによる悲しみではなく、明らかに恋人を失った悲しみなのです。

二人の付き合いは、しかし平穏なものではなかったようです。二人の関係はしばしば険悪な雰囲気になり、

「あなたにはもう飽き飽きよ」

とデュラスは言いながら、一方では彼を独占しようとする。彼にサンローランのジャケ

ットを買い与え、自分が食べたいものだけを彼に食べさせ、自分が行きたいところだけに連れていかせ、

「こんなくたびれた男と暮らすなんて、もう私真っ平だわ。一刻も早く男を取り替えなければ」

「あなたがもしかして財産目当てに居坐っているとしたら、いっておくけど、ヤン、あなたなんかにびた一文あげないから、なにもあげない。期待するだけ、無駄ってものよ」

といった暴言も吐く。つまり彼女は彼を「支配」しているのです。

しかし二人の間の年齢差というものに、一切ヤンは言及していません。常識では考えられないほど年上の女性と恋愛関係にあった自分を一切解説しようとせず、並はずれて知性的で傲岸な一人の女性を愛して共に過ごした日々の記録として、その本を書いている。

デュラスは、「ねぇ私を愛しているの」「私がデュラスでなかったら目もくれなかったでしょうね」「デュラスを愛しているのね、私が書いているものを」といった言葉も口にします。それはまるで、ごく普通の女の子が「ねぇ私のこと、愛してる?」「私が可愛くなかったら目もくれなかったでしょうね」「私の顔だけが好きなのね」などと言うかのよう。デュラスもまた、自分がヤンよりも四十歳近く年上であることなど意識せず、一組の男と女として振る舞っています。

しかしデュラスは、年老いていくのでした。次第に身体の自由もきかなくなってきて、ヤンは毎週、デュラスを入浴させるのです。デュラスを抱き上げて浴槽へ連れていき、身体と髪を洗うヤン。……すごく若い男っていうのはこういう時にいいかもね、と思わされます。が、デュラスはそんな時ですら、「私を殺す気なのね」「そうやって老女たちを手にかけるのが、あなたのやり口なのよ」「いつかはあなたの手で殺されるって、私にはずっと前からわかっていたわ」と悪態をつく。

しかしヤンは、デュラスがどんなに年老いても、デュラスからどんなひどいことを言われても、別れないのでした。別れる機会は何度もありながら、彼は離れていかない。そしてとうとう、一九九六年の三月三日、デュラスはヤンの手を握りながら最後の時間を過ごし、そして絶命するのでした。

デュラス亡き後のヤンの悲嘆は、激しいものです。部屋にひきこもって、デュラスとその死について、ずっと考えている。考えに考えた末に、「一層深くあなたを愛したい。もっと。これで充分というのは考えられない」などと思っているのです。

オキーフにしろ、デュラスにしろ。おばあさんになってから若い男性にかしずかれる女性というのは、強烈な個性を持っているのでした。その個性に酔った若い男性が、自分からそこに引き寄せられていく。たとえ個性が強すぎて傷つけられても、その傷すらも彼にとっては、忘れられない甘苦い思い出となるのです。

十歳くらい年下の男性と付き合ったり結婚したりする女性が、今は増えています。その手の女性は、最初は男性をリードしていても、自分が老いていくにつれ、「捨てられるのではないか」という恐怖を募らせ、下手に出るようになることも多いもの。

しかしデュラスとヤンのような関係になると、そんな恐怖は超越しているように見えます。芸術家としての孤独をデュラスが最初から受け入れているから、「捨てられるのではないか」などと思わず、言いたいことを言い、したいことをする。結果、ヤンはデュラスから離れることができず、デュラス亡き後もその幻影を追うのです。

強烈な個性と孤高の精神こそが、老いた後に若い男性を虜にする秘密。では日本には、そんなおばあさんはいないのか……と考えてみたところ、私の知っている範囲で一人だけ思い浮かんだのは、そう、内海桂子師匠。

内海桂子師匠は、一九二二年生まれ。二度結婚して一子をもうけているものの、二度とも離婚。独身生活が長かったのですが、一九九九年に、二十四歳年下のマネージャーの男性と結婚したのです。その時も桂子師匠は、その男性のことを「棺桶担ぎ」「墓守を雇った」と、好きなように言っていたものです。

男性の顔色をうかがうのではなく、老いてもなお自らの意志を通す女性にこそ、若い男性は吸い寄せられる、らしい。確かにそれはレアケースではあるものの、デュラス、オキーフ、桂子という三人の「かしずかれるおばあさん」には、ちょっとあやかりたい気もするのでした。

生活系おばあさん

核家族化が進む前の時代、家庭の中では祖父母が担う役割というものが、ちゃんとあったように思います。おとうさん・おかあさん世代は、生活の実務を担当しているのに対して、おじいさん・おばあさん世代は、生活をより深いものにする役割、そして生活を次世代に伝えていくという役割を担っていたのではないか。

私は大学時代まで祖母と同居していたわけですが、祖母の担当となっていたのは、「行なわないからといって死ぬわけではないが、行なうと心豊かになることができること」という分野、主に季節の行事でした。春は、筍の皮に梅干しを包んでくれて、梅干し好きの私は、それをおやつ代わりにちゅうちゅう吸っていた。七夕が近付いてきたら、庭の竹を切ってきて、孫達と一緒に折紙で短冊やらお飾りやらを作って、飾りつける。秋は落葉を掃いて焚火にして、焼き芋。冬になったら、豆タンの行火《あんか》を毎日こしらえたり、甘酒を作ったり。日本古来の行事ではありませんが、クリスマスの時も、庭にはえているモミの木を鉢に移してクリスマスツリーにしてくれるのは、祖母でした。

神仏関係も、祖母の領域です。仏壇のある部屋に寝起きしていたのは祖母なのであり、仏壇のお世話をするのも祖母。ついでに神棚も、祖母の陣地という感じ。

おばあさんと孫の相性が良いのは、おばあさんの領域が、子供にとって楽しい世界だからなのでしょう。食事、風呂、洗濯……といった親達が担当する領域は、生活にとって欠かせないものではありましたが、だからこそ義務感が伴い、あまり面白味がなかった。親の領域で何か失敗をしでかすと、こっぴどく叱られるものですし。

対して祖母の領域は、子供にとって気楽です。季節の行事にはわくわくするし、多少失敗したとて、怒られることもない。生活における実務を回していくことに必死の親を横目に、祖母と孫は、密かに気脈を通じ合わせていたのです。

季節の行事においてなくてはならない存在であるおばあさんは、また葬儀という家族の一大行事においても、重要な役割を果たします。葬儀というものは、年をとっていればいるほど、経験した数も多いイベント。だからこそ葬儀の場において、お年寄りの知識は貴重です。葬儀屋さんが入ることが多い昨今の葬儀においては、何でも葬儀屋さんの指示に従っていればいいわけですが、その昔はお年寄りが葬儀屋さん的な立場となって、遺体への接し方からお坊さんとの接し方まで、子や孫へ教えていたのです。

お年寄りはまた、葬儀会場に最も似合う存在でもあります。お焼香の仕方もおぼつかない若者に比べると、おばあさん達の、何と堂に入っていることか。「みんなあちらに行ってしまって、寂しいわ。そう遠くないうちに私もそちらに……」と、語るおばあさん達の横顔は、まるで舞台の上の女優のようです。

季節の行事のことでも、神仏のことでも。私は、おばあさんの知っている「暮らしの知恵」のようなものが、大好きでした。風邪をひいた時、お医者さんでもらった薬を呑むのもいいけれど、おばあさんに教わった療法もまた、効きそうな気がしていたのです。

そんな私が愛読していたのは、昭和五十六年から朝日新聞の日曜版に連載されていた、「新おつきあい事典」というコーナー。これは、生活関連の事象にお詳しい吉沢久子さんと高見澤たか子さんのお二人が、冠婚葬祭や家族の問題など、さまざまな「おつきあい」についてアドバイスをしてくださるという人気コーナーであり、私は毎週楽しみに読んでいたのでした。旧弊な堅苦しいやり方ではなく、現代風なカジュアルさが感じられながらも失礼にならないおつきあい方法を提案するというところが、「新」だったのだと思います。

連載を読んでいた当時、私は筆者のお二人はおばあさんだと思っていたのです。が、今お二人のプロフィールを見てみると、連載開始時、吉沢さんは六十三歳、高見澤さんは四十五歳ではありませんか。吉沢さんは当時としてはおばあさんの範疇《はんちゅう》に入りかけだったかもしれませんが、高見澤さんは全くおばあさんではなかった。世代の違う二人の女性の意見を並べて提示するという形式がまた、さまざまな年代の読者の共感を呼んだのでしょう。

しかしその内容は、まさに「おばあさんの知恵袋」的なものでした。ご近所付き合い、家族との付き合い、お年寄りや親との付き合い……と、日常生活におけるさまざまな現場において、どのような心構えが必要かを、経験者の立場からアドバイス。あの連載は、おばあさんと同居するケースが少なくなってきた世において、〝紙上おばあさん〟の役割を果たしていたのだと思います。そこには、

「知人から宗教への入信を強くすすめられているが、どう断ったらいいのか」

「結婚まであと一カ月という時に、娘が婚約を破棄したいと言い出したが……」

といった、他人には聞きづらい微妙な問題まで取り上げられているのでした。

もちろん、葬式や法事など、死にまつわることに関しても多くのアドバイスがなされています。「葬儀を手伝いに行く時のエプロンはどんなものがよいか」といった細かなことから、「先祖代々お世話になっている寺の檀家をやめたいのだが」といった問題についてまで、「こういうことはおばあさんに聞かなくては」ということが、解決されている。

この連載を愛読している当時、私はティーンエイジャーでしたので、おばあさんの知恵を切実に欲する立場ではなかったのです。しかし、おばあさんに色々と教えてもらっているようなその感じが好きで、単行本にまとまったものも、即入手。

連載が終了してから、既に三十年以上が経っているわけですが、今も『新おつきあい事典』を本棚に置いている私。今でもたまに頁をめくって、「なるほど」と参考にしたり、「そういえば昔って、荷物が届いた時に不在だと、隣の家の人が預かってくれたりしたんだっけ」などと懐かしい気持ちになったりしています。

そんなある日、私は本屋さんにおいて懐かしいお名前に出会ったのです。『92歳。小さなしあわせを集めて生きる』という本があったのですが、著者は、あの吉沢久子さんではありませんか。「吉沢さん、お元気でいらしたのですね！」と、私は離れて住む祖母に久しぶりに会ったような気持ちになりました。早速その本を購入して読んでみると、吉沢さんは九十二歳の今、お一人で暮らしておられることがわかりました。姑さんもご主人も見送った後、あえて「一人がいい」という希望のもとに、暮らしていらっしゃるのだそうです。

高齢者の一人暮らしというと寂しい印象を抱きがちですが、エッセイから知る吉沢さんの一人暮らしは、とても楽しそうです。若い知人達に教えられ、ユニクロ（と思われる店）でキャミソールを購入したり、時には同世代の友達と食事に出かけたり、宅配便のお兄さんと親しくお話をしたり。

他にも沢村貞子さんのご本など、私は一人暮らしのおばあさんのエッセイが好きなのですが、独居おばあさんのエッセイが面白いのは、おばあさん達が「生活」をきっちり行なっているからなのです。

カーテンの繕いをしたり、柿の季節がくると白あえを作ったりするという吉沢さん。沢村さんのエッセイもまた、料理や掃除の記述を読んでいるだけで、こちらが楽しくなってくるもの。それまでの人生できちんと生活してきた人は、一人になっても豊かに生きていくことができるのです。

対して、妻に先立たれたおじいさんというのは、一気にしおれてしまうことが少なくありません。妻を失って悲しいのと同時に、生活全般を妻に頼り切っていたため、ごはんも掃除もお風呂も、生活全般が一気におぼつかなくなる。経済力がある未亡夫はガールフレンドをみつけて生活部分を補ったりもしますが、そうでない未亡夫がしおれ切っている姿も、目にするものです。

一人になっても楽しそうな生活系おばあさんを見ると、私は自戒の念を強くするのでした。私も女ではありますが、自分の生活について考えてみると、男に近い部分があるのです。妻はいないので生活は妻頼りとはならないものの、妻の代わりとしてお金を使って解決しているフシがある。すなわち、洋服が破れたら自分で繕わずに新しいものを買い、セーターもエマールで洗わずにクリーニング屋さんに出し……というように。

しかしそんな私が年をとってお金がなくなったら、私は妻を亡くした夫のように呆然《ぼうぜん》とするのではないかと思うのです。こまめに身体を動かして生活を回していくという知恵が無いので、食べ物を大量に腐らせたりゴミを溜めたりしてしまいそう。

吉沢さんのご本を読むと、「私も、来るべき老年一人暮らしのために、もっと足元の生活を自分の手でどうにかしなくては」と思うのでした。一人で楽しく暮らしておられるおばあさん達は皆、料理が好きで身体を動かすのが好き、でも無理はせずに抜くところは抜く、という性格です。そして、友人や地域コミュニティーの人々などとのお付き合いがちゃんとある。

お金を稼ぐ経済力も大切だけれど、年をとった時にもっと大切なのは、一人でも美味しいものを食べて、ぐっすり寝て、楽しく人付き合いができるという〝生活力〟なのでしょう。吉沢久子さんは、今も私の「紙上おばあさん」として、生活の知恵というものを与え続けてくださっているのです。

旅をするおばあさん

私は、鉄道一人旅を好む者です。ローカル線に揺られ、適当な土地でビジネスホテルに泊まったり、駅蕎麦を食べたりしていると、ふと思うことがあるのです。

「老人になっても、私はこんなことをしていられるのだろうか」

と。

私は、三十年後も四十年後も鉄道一人旅をしていたいのですが、リュックを背負って一人ホームに佇《たたず》むおばあさん、というのは果たしてどうなのでしょう。時刻表の小さな文字が読めなくなったり、エスカレーターなどあるはずもない無人駅の階段をのぼることができなくなって呆然と立ちすくむ自分の姿が、目に浮かぶようです。

私は、一人旅をするおばあさんの姿を、あまり見かけません。ローカル線に乗ると、おばあさんがたくさん乗ってはいるのです。今やローカル線に乗るのは、通学する高校生かお年寄りくらいしかいないわけで、おじいさんより元気なことが多いおばあさん達の姿を列車で見かけるのは、珍しいことではない。

しかしそのおばあさん達は、旅行者ではありません。地元に住んでいて、病院通いや買物のために列車に乗っているのであって、一人旅をしているわけではないのです。

おじいさんの一人旅は、たまに見かけます。リュックを背負い、帽子をかぶったおじいさんは、熱心に車窓の風景を眺めているもの。

そんな姿を見ると、思うのです。おじいさんはおそらく、旅行に誘っても奥さんがついてきてくれないから、一人旅をしている。列車の旅をしている老夫婦を見ていると、明らかに妻はいやいやついてきている顔をしており、おじいさんだけが嬉しそうだったりするものですし。

おばあさんは、おじいさんと一緒に行くよりも、友達同士で旅をしたいのです。女同士で温泉に行ったり、ツアーに参加したり。そこに夫がいたら、休まるものも休まりません。

おばあさんがたくさん参加している団体ツアーを傍から眺めていると、おばあさん達は、別に「旅」というものをしたいわけではないように思えるものです。列車が絶景ポイントを通過している時でも、おやつを囲んでお友達ときゃーきゃーおしゃべりに夢中。宿につけば、夕食の天麩羅がどんなに冷えていようと、

「自分が作った料理じゃなければ、なーんでも美味しい！」

と、たいらげる。

つまりおばあさん達にとって旅行とは、家から離れるための行為なのです。おばあさん世代は、夫に家事分担など迫らず、家のことは何でも自分一人でやってきました。夫が引退してからは、三度三度の食事を毎日、作らなくてはならなかったのです。旅行というのは、永遠に続くかと思われる家事地獄から脱出できる、貴重な時間。風景など、もったいなくて見ていられないのかもしれません。

家に縛られていたおばあさん達が解放される姿は、東北の湯治場でも、見ることができます。自炊部がある湯治場では、近隣の農村のおばあさんグループが、農閑期に十日とか二週間とかやってきて、骨休めをする姿をよく見ます。それはまるで、おばあさん達の合宿所状態。

食事は、自炊です。家では炊事をすることに飽き飽きしていても、友達同士での合宿となると苦ではないらしく、おばあさん達は当番制で料理をしています。自分のところでできた米や野菜、巨大タッパーに入っている自家製漬物など、食料もどっさり持ってきている。

私のような余所《よそ》から来た一人旅の者がいると、おばあさん達は、

「おめえサ、どっからきたの？」

と、風呂場ですぐに声をかけてきます。東京から一人で来たなどと言えば、

「おらたちの部屋サ、遊びに来《こ》ー」

と誘ってくれて、のこのこ遊びに行くと、あれも食べろこれも食べろと、歓待してくれるのです。

私は、おじいさん達が湯治合宿をする姿は見たことがないのですが、おばあさん達の湯治合宿生活は、ものすごく楽しそう。そしていつも、「年をとってからの旅のスタイルとして、これはイイかも！」と思うのでした。湯治場の自炊部の宿泊料は、一泊二千円台程度。食材も持って行くわけですから、お金はあまりかからない。日がな一日、温泉に入ったり出たり、おしゃべりしたり昼寝したり飲んだり食べたりと、極楽のような生活なのです。

都会派のあなたは、

「でも、集団生活はねー」

と、言うことでしょう。今ですら集団行動はつらいのに、年をとって友人達がますます我儘《わがまま》になってきたら、合宿生活などしたくない、と。

私も、三人以上の旅だと急につらく思えてくるたちなので、その気持ちはわかります。

そんな時は、一人湯治もいいと思う。湯治場においては、一人で自炊生活をするおばあさんもいるのですが、湯治客同士で友達になっておかずを分け合ったりと、それもまた楽しそうなのでした。

旅行家の兼高かおるさんも、「旅では、一人の時間を確保することが大切」とおっしゃっています。兼高さんといえば、「兼高かおる世界の旅」という番組で、世界中を旅し続けていた方。私も子供の頃に、よく見ていたものでした。

兼高さんが三十一歳の時に始まり、六十一歳まで続いたというこの名物長寿旅行番組では、百五十もの国を取材されたそう。番組終了後も、兼高さんは年間百日は旅をする生活をされて、今では八十歳を超えていらっしゃるというのです。

子供の頃、兼高さんというと「素敵な大人の女性」というイメージでしたので、兼高さんが八十代ということを知ると、「もうそんなに時がたったのか」と驚きます。が、そんな兼高さんは今も旅を続けていらっしゃるのであり、ご著書の帯には、

「80過ぎても『世界の旅』は継続中ですのよ！」

という一文が。その本によると、かつて旅をしたところを再訪するのは、年を重ねてきた者だけが味わえる旅の醍醐味なのだそうで、となれば兼高さんのような方は、何歳になっても旅は続くはず。

その本によると兼高さんは、お友達と一緒に旅をする時でも、旅館では一人部屋をとるのだそうです。私はそれを読んで、「経済的に許されればそれは理想かも」と思うのでした。食事や観光は友達と一緒でも、夜はそれぞれ一人になれば、ゆっくり休むことができます。年をとればとるほど、他人に見られたくない姿だの行為だのは、増えていくものですし。

旅先で、一人になりたい。これは、仕事をしながら一人で生きてきた女性の心理なのでしょう。兼高さんは結婚をしておられませんが、一人で生きていらしたからこそ、一人の醍醐味を、旅先においても手放すことができないのではないかと思います。

その点は、湯治場で合宿をするおばあさん達とは、おおいに異なる部分です。湯治場にいる農家のおばあさん達は、おそらく生まれた時から三世代同居。嫁に行っても舅・姑と同居し、子や孫を育て……と、常に家族の中にいたことでしょう。そんな生活を続けていると、旅先においても、わいわい賑《にぎ》やかに過ごす方がしっくりくるのではないでしょうか。

おばあさんにとって、いかに暇をつぶすかは人生の最重要課題であるわけで、中でも非常に効果的にその問題を解決してくれる行為が、旅。しかし湯治系の旅をするおばあさんも、兼高かおる系の旅をするおばあさんも、今は少数派です。普通のおばあさん達は、一応ジパング倶楽部には入っているものの、自分で旅程を考えたりするのは面倒なので、団体ツアーに参加して「やっぱラクだわー」「でも、添乗員さんがダメだったわね」などと言い合うというケースが、ほとんどなのです。

しかしこれからは、湯治系および兼高かおる系のおばあさん旅が、増えていくように思います。これからのおばあさん達は、家から束縛される度合いも減り、単に「家から離れたい」というだけでなく、それ以上の欲求を旅に対して抱くようになります。その時に、安価に長期滞在ができる湯治や、「食事は誰かと一緒にしたい、でも夜は一人で」といった希望がかなえられる兼高旅の需要は、増えていくに違いないのです。

明治のはじめに日本にやってきて、汚いだの臭いだののまずいだの、さんざ文句をつけながらイトウと一緒に北海道まで旅をした、イギリスの旅行家であるイザベラ・バードは、『日本奥地紀行』の旅をした時、四十六歳。彼女が日本に来たのはこの時だけではなく、都合六回も日本に来ているのであり、最後の来日時は六十四歳になっていました。彼女は七十二歳で亡くなったのですが、その時も、中国旅行を計画していたというのです。

文句をつけながらも、当時は情報などほとんどなかったアジアの奥地を何度も旅するバードの姿勢を見ていると、さすが世界の国々を自分のものにしようとしてきたイギリスの女性であるなぁ、と感心するのです。

そしてもう一つ思うこと。それは、女性が世界を自由に旅をしようとする時に必要な条件は、やはり「夫がいない」というものではないか、ということなのでした。バードは五十歳前に一度結婚するのですが、夫は五年後に他界し、その結婚生活は短いものでした。家のことを考えずにいられたからこそ、バードはおばあさんになっても、のびのびと旅をしていられたのでしょう。

女性は男性よりも平均寿命が長いわけで、おばあさんになってから一人で暮らす生活になるケースが多いものです。その時、旅行はおばあさんにとって、最高の相棒。夕暮時のローカル線の無人駅に佇む本当の味わいは、おばあさんになって初めて理解できるものなのかもしれず、今から旅筋《たびきん》をしっかり鍛えておきたいと思うのでした。

たたかうおばあさん

昨今の女子プロゴルファーと女性政治家（しかしなぜ、女子プロとか女子社員とか言うのに、女子政治家とは言わぬ？）を見ていると、「日本も変わったのぅ……」と思います。私が子供の頃は、両者ともに「色気を捨てて、なりふり構わずがんばる」タイプの人ばかりであったもの。しかし今となっては、ゴルファーも政治家も、華やかなファッションも恋愛も結婚も子育ても楽しみながら、業務を遂行しているように見える。

私が子供の頃に印象に残っている女性政治家は、市川房枝さんです。一八九三年生まれの市川さんは当時、おそらく八十代だったと思われますが、いつもイギリスの女教師のような地味なスーツ姿で、きりっとしておられた。そして、生涯独身。

「私にだって恋愛らしいものもなくはなかったが、（婦人）運動が引っかかっていて発展しなかったといえるだろう。いや、男性からいえばこんな女に魅力はなく、むしろ敬遠されて来たであろうと思われる。その結果今日まで独身を通して来てしまったが、多数のよき同志や友人にめぐまれ、さびしさを感じたことはない」

と、自著に書いておられます。社会党の後輩である土井たか子さんも、生涯独身。自分のことは後回しにして政治活動に打ち込むというのは、社会党女性代議士の芸風、ではなく気風であったと言えるかもしれません。

愛知県の教育熱心な家庭に生まれた市川房枝は、東京の女子学院などに通った後、故郷で教師や新聞記者として働きますが、男尊女卑の職場に嫌気がさして再び上京。平塚らいてうと出会います。やがて房枝は、婦人参政権が実現したばかりのアメリカへ二十八歳で渡り、働きながら婦人運動や労働運動を勉強したのです。

当時、二十八歳といったら完全に嫁《い》き遅れの年齢。その年齢でアメリカへ渡るというのは、普通の幸せを放棄することを意味します。しかし房枝にとっては、結婚や家庭といったものよりも、日本の女性の地位を向上させることの方が、大切に思えたのでしょう。

今は、女性政治家でも当たり前のように結婚して、子供を産んでいます。家庭をもつ女性政治家の方が、

「私も、主婦として、また母として……」

といった発言ができて、有利と言うこともできる。しかしそんな女性政治家達の前には、

女性の参政権を勝ち取るために人生を捧げた市川房枝のような人がいたのです。

前回、「旅をするおばあさん」において、独身のおばあさんだからこそできたことについて、考えてみました。今のおばあさん、もしくはかつておばあさんだった世代の女性達は、人生において「あれか、これか」を選ばなくてはなりませんでした。すなわち、今のように「仕事も、家庭も」ということではなく、自分のやりたいことに邁進する女性は結婚をせず、仕事なり使命なりに一身を捧げるケースがままあった。

結婚難時代の今、生涯独身で過ごす女性は、市川房枝の時代よりもぐっと増えるものと思われます。しかし今の女性の場合は、「結婚したくないわけではなかったが、なんとなく結婚しなかった」というケースが多いのではないか。昔のように、「皆がほとんど結婚している中、他のことをするために結婚はしなかった」ということではないのです。

ほとんどの人が結婚する時代に、あえて結婚しないでおばあさんになった人達は、結婚制度なり男性なり常識なり、何らかのものと戦った人達であると思います。惰性で独身のままでいる私のような者からすると、そんなおばあさん達の姿は、凜々しく、清々しく見える。

数年前、私は新聞記事で、伊豆の「友だち村」という共同住宅の存在を知りました。高齢者女性が三十数名で暮らしているというその施設は、とてもお洒落な建築。二〇〇二年に完成した友だち村をつくったのは、七十六歳（当時）の、駒尺喜美さんという女性だというではありませんか。

その時、私は「日本にもこんな共同住宅があったのか！　そして、そんなものを自分でを自分でつくってしまうおばあさんがいたのか！」と、おおいに驚いたのでした。そして、そんなもの知らなかったのですが、一九二五年生まれの駒尺さんは、大学で日本文学の研究を続けると同時に、フェミニストとしての活動をされてきた方。フェミニスト活動の中で、独身女性が高齢になった時に支え合って生きていくことができる場所を作るための活動をなさり、かつて住んでいた同潤会大塚女子アパートの理念を参考に「友だち村」はできたのです。駒尺さんは残念ながら二〇〇七年、八十二歳で亡くなられました。女性のパートナーがおり、養女を迎えましたが、生涯独身でした。

大阪の裕福な家に生まれた駒尺さんは、男性にモテる青春時代を送ったようです。しかし、結婚生活というものをよく観察してみた結果、

「何や、結婚って要するに飯炊きになることやないか！」

ということを発見。結婚とは女性にとって、自由を奪われる奴隷的な生活でしかないではないか、と。友達が結婚する時は、

「えっ、〇〇ちゃんがそこまでのアホとは知らなんだ」

と言ったといいます（『漱石を愛したフェミニスト　駒尺喜美という人』田中喜美子）。
「結婚とは『飯炊きになること』」というのは、当時としては「わかっていても、言ってはいけないこと」だったのだと思います。事実ではあるけれど、それを口にしてしまったら女は幸せになれないから、普通の女性は黙って飯炊きをしていた。

しかし駒尺さんは、一人の男性に隷属する飯炊きになることを拒否する道を選びました。最後には、同じような立場の女性達が老年期を安心して過ごすことができる「場」をもつくってしまうところに、ただ漫然と独身でいたわけではない女性の姿勢を見るのです。

そしてもう一人、私にとって生涯独身のおばあさんとして印象的な方は、故・鶴見和子さんです。肩書きとしては社会学者ということになるわけですが、短歌や日本舞踊の素養を持ち、着物にも詳しい方としても知られています。

祖父は後藤新平、父は元厚生大臣という良家に一九一八年に生まれた鶴見和子は、津田塾を卒業後にアメリカ留学。戦争中に帰国するも、三十代で再び留学してプリンストン大学で社会学博士号を取得、上智大学の教授を務め……という学者人生。

良家に生まれたエリートとしての人生を歩んできた彼女は七十七歳の時に、脳出血で倒れ、左半身麻痺となります。すると、そこから八十八歳で没するまでの間に、病から得た大きな花を咲かせました。倒れた時、それまでは長い間中断していた短歌であったのが、

「歌が噴き出してきた」ようになり、「短歌を杖に生還」。学問の面でも、倒れたからこそ見えてきたものを発見します。弟で哲学者の鶴見俊輔は、倒れる前までは「一番病」（何でも一番にならないと気がすまないという病）であったのが、「最後の十年は一番病から自由になった」と語っている。

老境になって病を得ると、多くの人は暗い気持ちになるわけです。それが和子の場合、「倒れてのちにはじまりがある」という意識を持ったのは、それまでの人生に、常に打ち込むものがあったからなのでしょう。それが病によって、視線の持ち方がガラリと変わったことが、非常に新鮮だったのではないか。

和子本人も、

「私は、今までは強者だったの。そして特権階級だと思っていた。だからしょっちゅう、罪の意識をもっていた。だけどいまはもっていないのよ」

と語っていますが、病は和子の半身の自由を奪いつつも、精神に大きな自由を与えたのではないか。

和子の妹さんが記した、最晩年の入院中の記録には、死が近付いてきた時、

「死ぬというのは面白い体験ね。こんなの初めてだワ。こんな経験するとは思わなかった。人生って面白いことが一杯あるのね。こんなに長く生きてもまだ知らないことがあるなん

て面白い!! 驚いた!!」

と和子が俊輔と語り合って二人でゲラゲラ笑っていた、という記述があります。それは、病や死と戦うというよりも、それらをも新たな体験として好奇心をもって堪能する姿勢。

鶴見和子と同じく、良家に生まれて海外で教育を受けた、元お嬢様のおばあさんスターとしては、白洲正子がいます。奇しくも二人は、同じ八十八歳で没しているのですが(年は白洲正子の方が八歳上)、正子は白洲次郎と結婚した人なのであり、「あんなに格好いい次郎を夫としていた人」としてのスター性も帯びている。正子の〝高級な主婦〟としての趣味が今、受けているのです。

対して和子は、一人で学問に邁進していた人。その堂々として面倒見の良い存在感は、女侠客のようだったのだそうです。あの時代に独身のままで生涯を過ごしたおばあさん達には皆、迷いがありません。

皆が結婚した時代に独身を通すということは、強い使命感や覚悟があってのこと。今、大量に発生している独身女性がそのままおばあさんになった時、彼女達と同じような気概を持って日々を送ることができるかといったら、そうではないのでしょう。

使命感を持って独身を貫くわけでもなければ、戦争で男性が大量に死んでしまったので相手がいないわけでもない、我々。そんな我々がおばあさんになった時、自分に対してどのような言い訳をするのか、今から考えておいた方がいいのかもしれません。

アートのおばあさん

オノ・ヨーコは一九三三年の生まれで、ということは既に喜寿を迎えており、アラウンド八十歳であることに気付いた時、私は大層驚いたのでした。喜寿といえば、日本では立派なおばあさん。しかしあの鋭い眼光、黒々とした髪、そして常に胸の谷間を顕在化させながら前衛的なアート活動を続ける彼女の姿勢は、「おばあさん」というイメージとは全く結びつかないのですから。

また、草間彌生は一九二九年の生まれで、ということは既に八十歳を超えているということに気付いた時も、私は驚きました。その名前は確かに昔から轟《とどろ》いているけれど、近年の活躍ぶりや、その独特な面構えと作風を見ていると、とても八十代の人という感じがしなかったのです。

しかしアートの世界を見ていると、七十代や八十代というのは、まだまだこれからという年代なのかもしれません。年をとったからといって老成しなくてはいけない理由など、アートの世界には存在しないのではないか。そう思えるほどに、アートの世界の住人達は、長生きなのです。「かしずかれるおばあさん」でもあったジョージア・オキーフは、享年九十八。ちなみに草間彌生は、故郷・松本での古い因習にがんじがらめの生活に嫌気がさして海外へ出ることを夢見ていた時、古本屋でオキーフの画集を見つけ、全く面識は無いのにオキーフに手紙を書くのです。その後、オキーフから激励の返事がきたことによって、彼女は渡米の意志を固め、渡米後も交流を持つという縁があるのでした。

オキーフばかりでなく、たとえば陶芸家のルーシー・リーは九十三歳で没。日本画の世界へ目を移せば、端正で上品な画風の小倉遊亀は百五歳、原始的ともいえる独自で力強い世界を描いた片岡球子は百三歳まで生きています。

アートの世界には全く詳しくない私が知っている数少ない女性アーティスト達は、このように皆、長生きなのです。もちろん、「長生きをしたから、それだけ名声が世に轟く時間も長かった」と言うこともできましょうし、また画を描いていても短命の女性もいらしたことでしょう。が、それにしてもアート系おばあさんというのは、やはり特別に長生きのような気がするのでした。

アート系おばあさんは、ただ長生きなだけではありません。彼女達は、年をとっても創

作活動をずっと続けているのです。たとえばオキーフは、八十代になって絵筆をとること
は少なくなったものの、粘土での造形を始めたり。ルーシー・リーは、死の五年前に脳梗
塞になるまで、ろくろを回していました。さらに注目すべきは、日本画の二人でしょう。
片岡球子は、九十代後半になってもなお、重い石板を彫って版画を作っていました。小倉
遊亀もまた、百歳を超えても絵を描いていたのです。

なぜ、アート系おばあさんは元気なのでしょう。それは女性に限ったことではなく、アート系おじいさんもまた長生きであるわけですが、絵を描いたり土をこねたりという行為に、何か秘密があるのでしょうか。手先を使うことが健康に良いという説も、聞いたことがあります。

私は、自分の中から湧き上がってくるものを外に出し続けるという、アート制作の行為自体が、心身に良い影響を及ぼしているような気がしてならないのです。アートな人々というのは、やらなくてはならないからといった義務感から絵を描いたりしているわけではありません。自然と自分の中から欲求が湧いてくるから、そうしたくて仕方がないから、そうしている。

たとえば草間彌生は、自伝の中で若い頃のことを、

「毎日毎日、私は絵ばかり描いていた。イメージは次から次へと沸きあがり、それを定着

するのに手が追いつかない状態がいつもあった」

「私をこの世に生かしていく方法が他にないほど、逆に絵を描くことは切羽つまった自らの熱気のようなもので、およそ芸術からほど遠いところから、原始的に、本能的に始まってしまっていたと言えよう」(『無限の網』)

と記しています。

小倉遊亀も、六十代後半の日々を記した自著『画室の中から』において、超人的に多忙なスケジュールの中であっても、古九谷の四方皿を手に入れると、ちょうど送ってもらった見事な富有柿とともに描くことに思い致り、

「この古九谷の冴えた色に富有柿をとりあわせて、想像するだけでも楽しい。明日が待遠い」

と思っている様子を記しています。

また片岡球子は、九十七歳の時のインタビューにおいて、

「一旦筆が板に付いたら腕が動きますもの。だって手の先で描いているのではないんです。体で描いているのですから」

と語っています。

名を成すようなアーティストというのは、おそらく「絵描きになってみたいなぁ」と頭

で考えてなるものではなく、描かずにいられない、表現することこそ全て、という世界にいる人なのでしょう。どの世界においても「そうせずにはいられない」という人こそがスターになっていくわけですが、絵画の場合はより、その傾向が強いのではないか。とはいえ小倉遊亀や片岡球子は、明治の女性です。いくら絵を描くのが好きでも、職業画家としてやっていくには、困難なこともあったのではないでしょうか。

遊亀は明治二十八年（一八九五年）滋賀の大津に生まれ、球子は明治三十八年（一九〇五年）に北海道の札幌に生まれたのですが、この二人には共通点があります。遊亀は、嫁にいけという周囲の声を無視して官立の女子の最高学府、奈良の女子高等師範学校（現在の奈良女子大）に進み、首席で卒業。また球子は北海道庁立札幌高等女学校に入学し、当初は医者を目指していたけれど絵描きに目標を変更して、女子美術専門学校（現在の女子美術大）へ。……というわけで、二人とも当時の日本においては非常に高い教育を受けた、頭の良い女性だったのです。

卒業後、二人は教師の道に進みます。生きていくためには、美術教師をしながら絵を描き続けていかなくてはならなかったわけであり、球子は五十歳まで小学校教師を続けました。遊亀も二十年以上の教師生活を続け、絵を描く時間を捻出するために、非常勤講師の道を選んだりもしたのでした。

アーティストと言うと、自由奔放に生きてやりたいようにやる人というイメージがありますが、明治の女達は、画を描き続けるためにまずは自立の道を選び、日々の糧《かて》を得ながら道を極めていくという、質素な道を真面目に歩んでいるのです。

前述の遊亀の著書『画室の中から』は、奈良女子師範の国語漢文科を出たというだけあって、非常に読ませる面白い本なのであり、遊亀が画に対していかに真剣に取り組んできたかが、伝わってきます。

「今の時代は、何かコツンとくるものに魅力を感じるという妙な時代だ。未熟である粗雑さが魅力であり、他を否定する冷酷さが魅力であり、無闇矢鱈の出鱈目でさえ珍しければ魅力となり得る。安易な世の中ではある」

と書く遊亀は当然、未熟さ、出鱈目さをよしとしない道を選んで歩んでいったわけです。

六十七歳の時点で、

「自分の画はまだ『絵画本来のものを打ち出していないのではないか』としきりに思える。『絵画本来のものとは一体何だ』私はそれを明確に答えることができない」

と自問自答し、

「このままでは駄目だということだけがはっきりしている」

「ここまでくるのに四十年かかった。だから、この分でゆくと、あと四、五十年生き長らえねば、画面のいろはがわからないことになる。さあ、死ぬこともできなくなった」

と書いているのです。

遊亀は実際、その時点から四十年近くを生き、百歳を超えても画を描いて、院展に出品していたのでした。晩年。遊亀の介護をしていた孫の寛子さんが、祖母の介護生活を本にしているのですが、最も画業が充実していた仕事盛りはいつ頃であったかと人から尋ねられたところ、

「七十代です」

と遊亀が答えたことを、寛子さんは覚えています。

画を描く人々の時間軸というのは、普通の人間とはだいぶ、違っているような気がしてなりません。表現することに対する意欲、すなわち「描かずにいられない」という感覚が生まれついてのものであるならば、それは生ある限り続いていくのでしょう。そして表現への意欲があるほどに生への意欲も刺激され続け、だからこそ画を描く人々は長生きなのではないか。

遊亀は自著に、

「自分の作った観念の殻の中にとじこもって、他を排除して止まぬかたくなさを、老人というのだ。願わくば老人にはなりませんように」

と書いています。日本画というと非常に保守的な世界のような感じがしますが、遊亀は実際に明治の女らしい生真面目さと求道的な姿勢を持ちながらも、心の中では常に、殻を打ち破ることを考えていたのでした。遊亀に限らず、アートの世界に生きたおばあさん達は皆、自分の心の中に殻など持っていなかったに違いなく、彼女達の寿命もまた規格外であるのは、そんな精神があったからこそという気がするのです。

綾子・ふたたび

私の母方の祖母・綾子は、二〇一〇年七月に、百歳になりました。この連載を始めた当初は「もうすぐ百歳」という頃であったわけですが、本当に百歳になったのです。

父方の祖母は享年九十九だったので、「人が百歳まで生きるというのは、何と難しいことか」と思っていた私。九十九歳になってから、どうも綾子祖母がガクッと弱ってきて、祖母から昔話を聞くことができたのは、この連載を始めた頃が最後のチャンスであったのか、とも思いましたので、無事に百歳を迎えることができた時は、嬉しかったものです。

足が弱ってきた祖母は外出は難しい状態ですから、百歳のお祝いは祖母の家において、子や孫や曾孫達が集まって行ないました。「100歳おめでとう」と書かれたケーキを皆で食べたりして、家はたいそう賑やかに。祖母も、得意の民謡を披露して、子孫達の祝意に応えたのです。

その頃はちょうど、「消えた高齢者」というニュースが話題になっている時でした。都内において、おじいさんが既に亡くなっているのに死亡届を出さず、そのまま年金をもらい続けていた家族が逮捕されたことをきっかけに、死亡届が出されないままになっているお年寄りが、各地で続々と発見されたのです。百数十歳にもなっている人が戸籍に残っているケースもあったりして、

「『消えた高齢者』がこんなにも多い日本社会では、お年寄りを巡る状況に深い問題があるのではないか」

と言われていました。

そんな中で、百歳になった祖母。お祝いの会に集まった親族達は、

「しかしウチのおばあちゃんも、あまり出歩かないでいると、『あそこの家のおばあちゃん、本当に生きているのかしら？』なんて、言われてるかもよ！」

「あえて宅配便の受け取りにはおばあちゃんに出てもらって、存在をアピールしてみたりして」

などと冗談を言っていたのです。

祖母のもとには、都知事から百歳のお祝いが届いていました。何種類かあるうちから選ぶことができるのだそうで、祖母が選んだものは、大島紬のちゃんちゃんこ。「都知事か

らもらったのよ」と、祖母は嬉しそうにそれを着てみせてくれたのですが、高齢者にも優しい、軽いつくりになっています。都知事の名前で、〝百歳まで頑張って生きましたで賞〟的な認定証も、いただきました。

都知事からお祝いの品をいただき、子孫達に囲まれる、祖母。

「おばあちゃん、百歳になったのよ」

と何度も自分で言って、

「そうねぇ、すごいわねぇ」

と、私達は何度も応えていました。

百歳の祖母の家のリビングを埋め尽くすその子孫達を見ていると、私は「人の仕事とは、こういうことなのであるなぁ」と、思ったのでした。女学校を出た後、鹿児島から汽車に乗って上京してきた一人の少女が、東京でこんなにも多くの子孫を残した。祖母があと百年生きることは難しいでしょうが、子孫の誰かは、百年後も生きて、何かをつなげていくことでしょう。

しかし祖母の一族には、確実に時代の波を見ることもできるのでした。祖母は四人の子供を産み、その四人の子供達はそれぞれ結婚して二人か三人の子をなして計九人の孫が生まれ、そのうちの一人が私ということになります。

九人の孫達は今、全員三十歳を超えているわけで、すなわち立派な生殖可能年齢。九人がそれぞれ、親と同じように二人の子をなせば、今は祖母に十八人の曾孫がいてもいいわけですが、祖母の曾孫は六人なのです。

それというのも、孫九人のうち、結婚していない者が私を含めて二人。結婚しても子がいない者が、二人。結婚して子供が一人という者が、四人。結婚して子供が二人という、親世代と同じことができているのは、一人しかいません。

晩婚化、少子化の波は、このように我が一族において如実に見ることができるのでした。九人が六人の子しかなしていないということは、単純計算すると出生率〇・六七。ということは、六人の曾孫世代が何人の子を残せるかは甚《はなは》だ心許《こころもと》ないわけで、一族繁栄に何の役にも立っていない私としては、六人の曾孫世代の発奮を祈るばかり。

教師になるために東京にやってきた祖母でしたが、結局教師にはならずに結婚して、以来一家の主婦としての生活を送ることとなったのでした。「お金は無いが、教育さえ与えておけば何とかなる」という考えのもとに、祖母の親は子供達を東京に出したわけですが、祖母は職業婦人としてではなく、妻としてそして母として生きることになった。

この連載において、今まで様々なおばあさん達を取り上げてきましたが、有名なおばあさん達もまた、子孫を残す道を選ぶか、仕事の道を選ぶかということには、悩んだようです。今とは時代が違う中で、やりたいことを極める道をつき進むか、それとも家に入るか、と。

たとえば画家の小倉遊亀さんは、画業一筋でずっと結婚しなかったのだけれど、四十代になってから七十代の画家と結婚。夫の死後、既に成人となっていた男性を養子として迎え、その養子が結婚し子をなしたことによって、孫を得ました。晩年は孫による手厚い介護を受けたのですが、孫と祖母の血はつながっていません。しかし、血ではない何かを、彼女は子孫に確実に伝えていたのだと思います。

仕事をする道と、結婚して子をなす道。昔は、「どちらも」ではなく「どちらか」を選ばなくてはならなかったわけですが、しかしどちらの道を選んだにせよ、おばあさん達は何かを次の世代に残し、伝えていくのです。残していくものは、子孫だけではありません。料理の味であったり、後に続く女性達が歩むべき道であったり……と、形にならないものを、おばあさん達は私達に残してくれる。

それは、おばあさんの本能なのかもしれません。たくさんの物やお金を手に入れたり、大きな建物を建てたりと、「より多く、より大きく」というのは、男性の発想。対しておばあさんは、子孫であれ考えであれ道であれ、「より遠く」の未来まで、何かを伝えていこうとしている。

この連載においては、各界における有名どころのおばあさん達を取り上げてきました。色々なおばあさんの生き方を見ていると、「そんな昔にそんな大胆なことを！」とか、「そのお年でそんなすごいことを！」と驚かされるのです。

しかし、大胆ですごいことをしていたのは、有名なおばあさんばかりではないのだと思います。名も無きおばあさん達一人一人が、人生の荒浪をのりこえつつ、生きてきた。時代もまた、関係ないのかもしれません。私達は、今を生きる自分達こそが、最も進歩的な生活をし、新しい考え方を持っていると思いがちです。おばあさん達の若い頃は、うんと古くて遅れた生活だったのだ、と過去を馬鹿にしているところがある。

しかし、たいていのことは既に過去に起きているし、たいていのことは既に過去の人が考えているのです。おばあさん達の若い時代には、携帯やパソコンは無かったけれど、しかし彼女達は私達と同じようなことを考え、私達と同じ欲求を持ち、時に私達以上に大胆に行動していました。

おばあさん達は、

「私なんかもうおばあちゃんだから」

と、何もわからないかのように言います。が、おばあさん達は本当は、わかっているのです。若者達の心情も、恋の苦しみも、人生はつらくて孤独なものだということも。しかし、それをいくら説いたところで若い人々は理解しないであろうことを知っているからこそ、にこにこと笑って、ひたすら見守っていてくれる。

私達も、いずれはおばあさんになるのです。自分がおばあさんになった時にやっとわかることは、たくさんあるのでしょう。あの時、祖母はどう思っていたのか。何を言いたかったのか、と。

百歳の祖母を見ていて可哀相に思うのは、百歳という経験を語り合う相手がいないということです。手に手を取り合って一緒に東京に出てきた鹿児島の女学校の同級生のお友達もやはり長生きで、九十代の頃は行き来もあったのですが、その方も百歳を前に亡くなられてしまいました。

「百歳になると、九十代と比べて身体がガクッと衰えてくるわね」

「でも、年齢が三ケタになると、二ケタ時代とは違う物の見方になってくるわ」

「あら、私なんかもう目は霞《かす》んでしまって物が二重に」

「そういう見方じゃなくって……」

などと、祖母の近くに百歳仲間がいたら語り合いたいことはあるであろうに、と思うのです。

祖母が死に、私がおばあさんとなり、そして私が死んだら、私は祖母と、そして全てのおばあさん経験者達と、「おばあさんという経験」について、冥界で語り合ってみたいと思います。おばあさんにしか見えないもの、おばあさんになって初めてわかること。そんなガールズ・トークはさぞや楽しいに違いなく、それらの会話の内容を私としては是非、エッセイに書いてみたいものだと思うのですが、しかしあちらの世界にもエッセイという手法があるのかどうか。それが少し、心配なところではあるのでした。

あとがき

それから一年。二〇一一年七月二十九日、祖母・綾子は百一歳の誕生日を迎えました。

その日、祖母の家にいくと、いとこが用意してくれた、「HAPPY BIRTHDAY あやこさん」とあるケーキが。「101」という、まさにケタ違いにビッグな数字のロウソクも立っています。

「おばあちゃん、誕生日ケーキに『おばあちゃん』じゃなくて『あやこさん』って書いてあると、すごく喜んでくれるのよ」

と、いとこの奥さんは言います。

その言葉を聞いて、私はハッとしました。

「おばあちゃんもまた人間」ということは、その生い立ちを聞いてきた中でわかってはきたけれど、祖母を目の前にするとやはり目の前にいる人は「おばあちゃん」でしかないのであり、彼女が「綾子」であることを忘れていた私。しかしやはり祖母は、常に「綾子」でありたかったのではないか、と。

私は祖母の孫なので当たり前のことではありますが、私が生まれてからずっと、祖母は「おばあちゃん」として存在し続けていました。日本の家庭においては、家族の中の最も年少者が口にする呼称を家族全員が使用するという習慣がありますから、孫が生まれると、祖母は孫からのみならず、自分の子供からも「おばあちゃん」と呼ばれるようになります。すると自然に、ご近所さんやお店の人など、親族以外からも「おばあちゃん」と呼ばれるように。

してみると祖母は、初孫が生まれてから今まで五十年近く、つまり人生の半分を「おばあちゃん」として生きてきたわけで、その間、綾子という名はほとんど呼ばれることはなかったものと思われる。さらには、「おばあちゃん」時代の前には「お母さん」としか呼ばれない時代もあったことを考えると、祖母が綾子という名を喪失してから、長い長い時が経ったということ。

百歳になってなお、ケーキに「あやこさん」とあることを喜ぶという祖母に、私は微笑ましさを感じると同時に、明治に生まれた女性の人生をも思うのでした。普通の主婦として生きた祖母は、その人生のほとんどを、家族に尽くすことに費やしました。それはつまり、「綾子」としてではなく、「お母さん」「おばあちゃん」としてのみ生きることであったわけです。綾子として生きる喜びを、祖母は祖父が亡くなって後、やっと誕生日ケーキの上に見いだすようになった。孫達が個人としての人生を享受する背景には、祖母世代の我慢と苦悩があったのです。

しかし百一歳の誕生日に、祖母はケーキの文字を見ることはできませんでした。少し前から体調を崩し、眠り続けているのです。

「おばあちゃーん、お誕生日おめでとーう」

「あやこさーん、起きて！」

と言っても、目を覚ましてはくれません。祖母の身体はこの一年で少しずつほっそりしてきており、大木が次第に枯れつつあるよう。そこにいた誰も、口には出さないながらも、一つの覚悟を固めていました。

目を覚まさなかった祖母抜きでケーキを食べた誕生日の二日後、祖母は天に召されました。百一歳の、大往生でした。

ちょうど一年前に他界した娘と再会し、

「あなたこんな所にいたの！」

と驚いているかな、それとも祖父と久しぶりに会って喜んでいるかしら。……等と想像したのですが、もっとずっと前、「おかあさん」でも「おばあちゃん」でもなかった時代の、元気で大柄な少女「綾子ちゃん」に戻って天駆ける姿が、私には目に浮かぶようでした。おばあちゃんとしての役割から解放されて、綾子ちゃんは意気揚々と空へ戻っていったのでしょう。

そして私には、生まれて初めての、祖母のいない生活がやってきました。おばあちゃんは、何をしなくとも「ただそこにいる」だけで周囲に安心感を与える存在であったことを、祖母がいなくなってみて、さらに強く感じるのでした。

気がつけば、私自身もそろそろおばあさんへの道が見えてきたお年頃です。とはいえ綾子の時代のおばあさん像と、私の時代のおばあさん像とは、だいぶ違うことでしょう。私がおばあさんになる頃には、若者は減少の一途を辿って多いのは老人ばかりということで、老人はますます邪魔者扱いされ、姥捨現象が復活しているのかもしれません。

そうなった時、はたして私達は優しく強く包容力のあるおばあさんになることができるのでしょうか。おばあさんへの道は険しくなっていくばかりかもしれませんが、この本を書くことによって知ることができた数々の名おばあさん達の姿を追うことによって、たくましく堂々と、その道を歩んでいきたいと思っております。

最後になりましたが、この本を記すにあたって、多くの方々にお世話になりました。「画人像」の使用をご快諾くださった、小倉遊亀先生ご遺族。幻冬舎・菊地朱雅子さん。そして、今までたくさんのことを教えてくださった、たくさんのおばあさんがた。どうもありがとうございました。

二〇一一年　夏

酒井順子

この作品は「星星峡」（二〇〇九年七月号から二〇一一年二月号）に連載されたものです。

〈著者紹介〉
酒井順子　1966年東京都生まれ。エッセイスト。立教大学卒業後、広告代理店勤務を経て、執筆業に専念。2004年、ベストセラーとなった『負け犬の遠吠え』で講談社エッセイ賞、婦人公論文芸賞を受賞。他の著書に『着ればわかる！』『金閣寺の燃やし方』『紫式部の欲望』『昔は、よかった？』などがある。

おばあさんの魂
2011年10月5日 第1刷発行

著　者　酒井順子
発行者　見城 徹

発行所　株式会社 幻冬舎
〒151-0051 東京都渋谷区千駄ヶ谷4-9-7

電話：03(5411)6211(編集)
03(5411)6222(営業)
振替：00120-8-767643
印刷・製本所：中央精版印刷株式会社

検印廃止

Printed in Japan
ISBN978-4-344-02062-7 C0095
幻冬舎ホームページアドレス　http://www.gentosha.co.jp/

この本に関するご意見・ご感想をメールでお寄せいただく場合は、
comment@gentosha.co.jpまで。